RÉPERTOIRE
DRAMATIQUE DE L'ENFANCE.

THÉATRE DE M. COMTE.

L'ABBÉ DE L'ÉPÉE,
Pièce historique

EN DEUX ACTES ET EN NEUF TABLEAUX;

PAR

MM. MARÉCHALLE ET CONSTANT.

Représentée pour la première fois sur le Théâtre des jeunes
Acteurs, le 7 juin 1831.

30ᵉ *Livraison.*

L'ABBÉ DE L'ÉPÉE,

OU

LE MUET DE TOULOUSE,

PIÈCE HISTORIQUE EN DEUX ÉPOQUES ET EN
NEUF TABLEAUX, MÊLÉE DE CHANT;

PAR MM. MARÉCHALLE ET CONSTANT.

Représentée pour la première fois sur le Théâtre des jeunes
Acteurs, le 7 juin 1831.

PARIS,

J. BRÉAUTÉ, ÉDITEUR,

LIBRAIRIE DE L'ENFANCE ET DE LA JEUNESSE,
PASSAGE CHOISEUL, N. 62.

1831.

PERSONNAGES.

ACTEURS.

M. DELIGNAC, riche propriétaire. MM. *Aristide.*

LÉON de SAINT-DIDIER, beau fils
   de Delignac.   *Fleury.*

PAULINE, fille de Delignac.   *Pauline.*

BERTRAND, vieux serviteur de M. de
   Saint-Didier, resté au service de
   M. Delignac.   *Henri.*

CARLO, valet de Remondi.   *Williams.*

REMONDI, cousin de Delignac.   *Francis.*

ANDRÉ, auvergnat.   *Berger.*

Un Valet en livrée.   *Michel.*

L'ABBÉ DE L'ÉPÉE.

PREMIER TABLEAU.

Le théâtre représente un Salon riche, fermé ; au lever du rideau, Bertrand est assis près d'une table.

SCÈNE PREMIÈRE.

BERTRAND, *seul*.

C'est bien calculé ; avec la pension que feu M. le comte de Saint-Didier m'a faite, et mes petites économies, je pourrai former un joli établissement dans quelque village des environs de Toulouse, et y vivre tranquille....; car ce n'est pas vivre, que d'être continuellement tourmenté comme je le suis au service de M. Delignac. Faut-il que madame la comtesse de Saint-Didier se soit remariée, et avec un homme aussi sévère !

Air : *d'Aristipe.*

Notre ancien maître était pour nous un père ;
Eu paix chez lui s'écoulaient nos instans ;
Son successeur ne nous cause au contraire
Que des peines et des tourmens.
Tout en ces lieux pour celui que j'honore,
Double mes regrets, ma douleur :
Près d'un méchant on chérit plus encore
La mémoire d'un bienfaiteur.

Je pense à m'éloigner!..... Mais que deviendra
mon petit Léon? cet intéressant enfant, sourd et
muet de naissance, dont j'ai pris soin, et dont
l'amitié égale la reconnaissance? Que deviendra-t-il
dans une maison où tout le monde, excepté
sa bonne petite sœur, lui témoigne tant d'indif-
férence? Je suis indigné, quand je vois qu'on n'a
pas pour lui toutes les attentions que réclament
ses infirmités, et que, loin de lui prodiguer les
égards que l'on doit à son rang, car enfin, il est
le fils et le seul héritier de M. le comte de Saint-
Didier ; on le néglige, on le délaisse ; tous les
soins, toutes les attentions sont pour mademoiselle Pauline, fruit d'un second hymen avec
M. Delignac, non pas qu'elle ne le mérite à tous
égards : c'est bien la plus aimable personne..... La
voici.

SCENE II.

BERTRAND, PAULINE, *l'air rêveur*.

BERTRAND.

Bonjour à la bonne, à la gentille Pauline.

PAULINE.

Bonjour, Bertrand.

BERTRAND.

Quelle tristesse sur tous vos traits ! vous ordi-
nairement si vive, si gaie ! Que vous est-il donc
arrivé ?

PAULINE.

Je quitte mon frère, et aujourd'hui, plus encore
que les autres jours, il paraît souffrir de sa situa-
tion, et cela me fait bien de la peine.

BERTRAND.

Comment avez-vous pu deviner sa douleur ?

PAULINE.

Je me figurais être lui, je me mettais à sa place ;
je cherchais à me rendre compte de ce qu'il devait
éprouver.... Ne pas entendre.... ne pas parler !.....

AIR : *du mariage de Bois-Sec.*

Quelle punition plus forte ?
Son sort parfois me fait trembler,
J'aimerais bien mieux être morte

1*

Que réduite à ne plus parler.
Il n'entend rien à mon langage,
Malgré cela je l'aime.... mais je crois,
Que je l'aimerais davantage } *Bis.*
S'il pouvait causer avec moi. }

Entre nous quelle différence
Pour l'intelligence et l'esprit,
Puisque j'entends tout ce qu'on pense,
Rien qu'en écoutant ce qu'on dit.
A tout les plaisirs de notre âge
Il ne peut prendre part... aussi je crois
Que je l'aimerais davantage } *Bis.*
S'il pouvait jouer avec moi. }

BERTRAND.

Près de vous pourtant il trouve des consolations ;
ainsi, je crois que vous vous abusez sur ses souf-
frances. Ne faut-il pas d'ailleurs éprouver de vé-
ritables douleurs pour les bien sentir.

PAULINE.

Détrompez-vous, Bertrand ; on apprend à sentir
en pensant, en observant, en réfléchissant. Vous
vous imaginez, parce que je suis jeune, que je
n'ai des yeux que pour voir ce qu'on me montre,
et des oreilles que pour entendre ce qu'on me dit,
vous êtes dans l'erreur. On me montre tous les
jours les calculs, l'histoire, la géographie, et je
n'en retiens pas un mot ; on ne m'enseigne pas,
vous le savez, à aimer Léon ; on ne m'enseigne
pas non plus à lire dans ses yeux ce que sa bouche
ne peut exprimer, ni à aller au-devant de ses

désirs : eh bien ! je l'aime de toute mon âme ;
je sais deviner ce qui peut adoucir sa peine, je
sais le plaindre et pleurer avec lui ; vous voyez
donc bien que ce que je sais le mieux est précisé-
ment ce qu'on ne m'a jamais appris.

BERTRAND.

Vous êtes charmante, et votre raison m'étonne
toujours.

(*On entend dans la coulisse quelque chose que l'on
casse.*)

PAULINE.

Ah ! mon Dieu ! qu'est-il donc arrivé ?

SCÈNE III.

LES PRÉCÉDENS, LÉON. (*Il entre en pleurant, se
tient la main gauche, dont il paraît souffrir.*)

PAULINE.

C'est Léon.

BERTRAND.

Le pauvre enfant sera tombé, sans doute.
(*Ils vont à lui.*)

PAULINE,

Son poignet lui fait mal..... Vite, un peu d'eau
fraîche. (*Elle prend son mouchoir qu'elle trempe*

dans l'eau, et lui entortille le poignet. Léon pleure et embrasse sa sœur.) Ce qu'il y a de contrariant, c'est qu'il n'y a pas moyen de tirer de lui aucune explication.

SCÈNE IV.

Les Précédens, M. DELIGNAC. (*Léon le voit ; il s'éloigne avec crainte.*)

DELIGNAC, *avec humeur*.

Qu'on est malheureux d'avoir chez soi un enfant aussi maladroit.

PAULINE, *qui n'a pas fait attention à ce qu'a dit son père.*

Il faut être bien méchant, pour avoir ainsi maltraité ce pauvre Léon.

DELIGNAC, *sans avoir entendu Pauline.*

Des vases magnifiques brisés en mille morceaux !.....

PAULINE.

Ah ! te voilà ! Regarde donc ce pauvre Léon comme il souffre !

DELIGNAC.

Pourquoi jouait-il avec le fils du jardinier? Des

vases d'une si grande valeur, cassés presque sous mes yeux.

PAULINE.

Et parce que le fils du jardinier a fait une gaucherie, il a fallu en punir ce pauvre Léon! Tu ne devrais pas souffrir cela.

Air : de Caleb.

Toujours de quelqu'injustice
Il est victime ici,
Lorsque ta main protectrice
Devrait veiller sur lui.
Quand le destin sévère
L'accable de rigueurs,
Les caresses d'un père
Calmeraient ses douleurs.
Si de souffrir toute la vie
Le sort lui fait la loi,
Aime-le, je t'en prie,
Par amitié pour moi.

DELIGNAC.

Que tu es bonne, ma Pauline! Si tu savais que cet enfant....

UN DOMESTIQUE, *annonçant.*

Monsieur Remondi.

DELIGNAC.

Remondi, mon cousin, à Toulouse?..... Faites entrer. (*A Bertrand.*) Bertrand, emmenez ces enfans.

(Bertrand fait signe à Léon de le suivre ; Pauline court après lui , le prend par le bras , et ils sortent tous les trois).

SCÈNE V.

DELIGNAC, REMONDI.

REMONDI.

Hé bonjour, mon ami !

DELIGNAC.

Mais, je ne me trompe pas, c'est toi, mon cher Remondi. Qu'il y a long-temps que nous ne nous sommes vus !

REMONDI.

Près de dix ans.

DELIGNAC.

Et tu es maintenant.....

REMONDI.

Établi à Bagnères, directeur d'une maison de santé. La mode amène dans ce pays beaucoup de gens riches qui se croient malades, et ça va bien ; ça va même très bien en ce moment, grâce à certaine maladie presque épidémique.

DELIGNAC.

Et ça va bien, dis-tu ?

REMONDI.

Oui, pour moi. Cependant cela devenait sérieux, et je me suis décidé à faire le voyage de Bagnères à Toulouse, pour consulter un docteur dont on m'a vanté les talens pour ces sortes de maladies. Et toi, mon cher Delignac, tu t'es marié dans ce pays avec la veuve du comte de Saint-Didier, une fortune immense.

DELIGNAC.

Incalculable, mon ami.

REMONDI.

Incalculable! c'est délicieux.

DELIGNAC.

Oui; mais tu ignores que, d'après le testament du feu comte, cette fortune appartient tout entière à son fils, un enfant de huit ans, sourd et muet de naissance.

REMONDI.

Un sourd-muet! il est toujours facile de lui faire entendre raison.

DELIGNAC.

J'ai de mon mariage avec la comtesse de Saint-Didier, une petite fille charmante, et je serais possesseur de toute cette fortune, si le sourd-muet n'existait plus.

REMONDI.

Fort bien ; tu devrais lui faire prendre les eaux
de Bagnères , c'est excellent pour la surdité.

DELIGNAC.

Et tu arrives seul ?

REMONDI.

Non , à quelques lieues d'ici, j'ai trouvé sur la
route un petit malheureux qui tombait d'inanition ,
et qui implorait ma pitié ; je l'ai secouru et amené
avec moi dans ma voiture ; il est ici tout près avec
Carlo , mon domestique.

DELIGNAC.

Vas vite le chercher, on lui donnera du secours ; et d'ailleurs je ne veux pas que vous vous
établissiez ailleurs que chez moi.

REMONDI.

Ton acceuil m'enchante. Je t'avoue que je serai flatté de faire connaissance avec ma cousine.

DELIGNAC.

Elle n'est pas au château pour le moment; mais
d'ici à quelques jours tu la verras.

REMONDI.

Cela me fera grand plaisir ; je reviens dans un
instant.   (*il sort.*)

SCÈNE VI.

DELIGNAC, *seul.*

Ce cher Remondi ! il est aussi étourdi qu'il y a dix ans ; s'il reste ici quelque temps, nous ferons ensemble de bonnes parties de chasse. Ah ! je l'avouerai, c'est un plaisir dont je suis fou.

Air : de la Fiancée.

Faut-il aller au bois
Mettre un cerf aux abois ?
Que le cor alors se fasse entendre,
Je m'élance aussitôt
Et je pars au galop,
Tant est vif le désir de m'y rendre.
Plus le gibier s'enfuit,
Plus chacun le poursuit,
Et par nous harassé,
Il est bientôt forcé ;
On s'attache à ses pas.
On le prend dans les lacs ; (bis.)
Il succombe à l'instant
Et l'on est triomphant
Quand on voit qu'il reste sur la place,
Ce plaisir est charmant !
Et le nombre est bien grand
Des bêtes que chaque jour on chasse :
Vrai, je ne sais comment
On en voit encor tant.

(*On entend du bruit.*)

2

SCÈNE VII.

DELIGNAC, BERTRAND, *tout ému*,
DELIGNAC à BERTRAND.

Qu'est-il donc arrivé? (*On entend du bruit dans la chambre voisine.*)

BERTRAND.

Ah! monsieur! un bien grand malheur! Mademoiselle Pauline, en jouant.....

DELIGNAC.

Eh! bien...

BERTRAND.

Était tombée dans le feu.

DELIGNAC.

Ma fille! ô ciel!.

BERTRAND.

Rassurez-vous, monsieur; grâce au courage de son jeune frère, elle est sauvée.

(*Léon apporte Pauline dans ses bras. Leurs vêtemens à tous deux sont en partie brûlés; il la couvre de baisers, et paraît satisfait de son ouvrage.*)

DELIGNAC.

Ma chère fille ! (*il l'embrasse.*)

PAULINE, *revenue à elle.*

Mon frère ! (*elle se jette dans ses bras.*)

SCÈNE VIII.

DÉLIGNAC, REMONDI, CARLO, ANDRÉ.

REMONDI, *présentant André.*

Vóici ma trouvaille.

DELIGNAC.

Le pauvre enfant ! Je vais lui donner d'autres habits.

ANDRÉ.

Vous allez me donner d'autres habits ; ah ! que vous êtes bon.

REMONDI, *à part.*

Il est vraiment malheureux pour mon cousin que ce sourd-muet ait une si belle fortune à sa disposition !...

SCÈNE IX.

Les Mêmes, DELIGNAC, BERTRAND,
PAULINE et LÉON.

DELIGNAC, *à Bertrand.*

Bertrand, donnez à ce petit malheureux quel-
ques-uns des habits de Léon.

ANDRÉ.

Ah! je vous remercie bien; mais je crois cependant que j'aimerais mieux encore garder les
miens, que de faire de la peine à ce petit bour-
geois qui est là-bas, qui ne dit rien, et qui n'en
n'est peut-être pas plus content.

PAULINE.

Il ne peut rien dire, puisqu'il est muet.

DELIGNAC.

Rassure-toi; il en a d'autres.

ANDRÉ.

En ce cas....

Air : *Vaudeville du Premier Prix.*

De rien alors je n' m'embarrasse,
J'quitt' mes habits sans mot dir' plus;
Il est ben temps que j' m'en défasse,
Si je n'veux pas perdr' dessus

Faisons une métamorphose :
Mais je n' s'rai pas aujourd'hui
L' premier qui part'ra, j' l' suppose,
D's habits qui n' sont pas faits pour lui.

DELIGNAC.

De quel pays es-tu ?

ANDRÉ.

De Saint-Flour, ousque mon père il demeure quand il n'est pas en route pour ramoner.

DELIGNAC.

Et vous êtes beaucoup d'enfans, quatre, cinq ?

ANDRÉ.

Quatre ou cinq ! nous sommes quatorze. C'est pour ça que mon père il m'avait envoyé à Paris faire fortune. Il me dit un beau jour, avec toute la tendresse dont il était susceptible : « Tiens, André, mon ami, vlà un petit sac de toile, un morceau de pain et cinq sous ; bon voyage, mon enfant, vas toujours droit devant toi ; il y a une Providence qui ne t'abandonnera pas. » Quand j'ai eu fait un peu de chemin, mon pain il était mangé, mes cinq sous dépensés, et j'étais en attendant la Providence, qui ne pensait guère à moi, quand monsieur m'a trouvé mourant de faim.

CARLO.

Tu es mieux maintenant.

2*

ANDRÉ.

Oui, grâce à vous.

DELIGNAC.

Mais qu'as-tu donc, mon cher Remondi?

REMONDI.

J'ai en tête certain projet.

DELIGNAC.

Les fatigues de la route..... Tu as peut-être besoin de prendre quelque chose?.... Bertrand, faites-nous servir.

REMONDI, *se levant.*

Excellente idée! Allons nous mettre à table. (*A Carlo.*) Tâche de t'emparer des habits de ce petit malheureux.

Final de Jérôme.

Ce moment toujours a des charmes,
C'est un plaisir vraiment divin;
Jamais de soucis ni d'alarmes
Pour moi dans un joyeux festin.

(Ils reprennent le chœur et sortent.)

FIN DU PREMIER TABLEAU.

DEUXIÈME TABLEAU.

PERSONNAGES.

ACTEURS.

PERSONNAGES	ACTEURS
MARGUERITE, aubergiste.	*Daniel.*
JULIETTE, sa fille.	*Euphrasie.*
CARLO:	*Williams.*
LÉON DE St.-DIDIER.	*Fleury.*
Un petit TAMBOUR.	*Carreau.*
Soldats et Paysans.	
Un Paysan parlant.	*Auguste.*
Un Ours, un Singe.	

DEUXIÈME TABLEAU.

———⋖∊———

Le théâtre représente un hameau, une auberge est à
la droite du spectateur.

SCÈNE PREMIÈRE.

MARGUERITE, JULIETTE (*elles sortent de
leur auberge*); PAYSANS, SOLDATS (*ils viennent
du dehors en chantant*).

CHOEUR.

AIR : *d'Aline.*

Enfans de la folie,
Livrons-nous au plaisir ;
Chaque instant de la vie
Nous dit de le saisir.
Mais pour l'attrapper et l' saisir,
Après lui faut toujours courir.
Faut courir
Après l' plaisir,
Pour le saisir
Il faut courir,

LE PETIT TAMBOUR.

Ah ! qu' c'est donc joli un' fête de village, et que
nous sommes heureux que notre étape nous ait

amenés ici aujourd'hui ; on boit, on danse, on joue : c'est des quilles par ci, des oies par là ; c'est tout d'même bien agréable la vie d'un soldat.

JULIETTE.

Est-il petit, maman, pour être déjà soldat !

MARGUERITE.

C'est vrai, mon ami, qu' t'es ben jeune pour faire déjà ce métier-là.

LE PETIT TAMBOUR.

C' n'est pas étonnant, j' suis un enfant d' giberne.

JULIETTE.

Enfant d' giberne ! c'est drôle, ça.

LE PETIT TAMBOUR.

Ah ! c'est une histoire.

MARGUERITE.

Conte-nous donc ça.

JULIETTE.

Moi qu' aime tant les histoires, ça va joliment m'amuser.

LE PETIT TAMBOUR.

Je l' veux bien ; mais, pour n' pas perdre de temps, vous danserez pendant que je chanterai.

TOUS.

Oui, nous danserons.

LE PETIT TAMBOUR.

Vous y êtes..... j'y suis aussi.

AIR : *de M. Bélis.*

Je suis fils d'une cantinière
Qui s'est vue à plus d'un combat.
Ben jeune je perdis mon père,
Mais je l' r'trouvai dans chaque soldat.
Ces braves qui m' berçaient tous les jours,
M'aimaient et m' disaient toujours :
De toi nous f'rons un p'tit tapin,
Et dans l'monde tu f'ras du train.

(On danse sur le refrain de chaque couplet.)

Il faut voir comme chacun d'eux m'traite
Et soign' mon éducation !
Je sais déjà jouer d'la baguette,
Je sais aussi signer mon nom.
Ils disent que j'en sais, en total,
Assez pour dev'nir général.
Aussi j' fais un bon p'tit tapin,
R'lin tin, tin, j'vais gaîment mon train.
En attendant l'petit tapin,
Dans le monde f'ra du train.

(On danse.)

Comme il faut toujours qu'la mort vienne,
J' l'attends au milieu des combats;
Et d' même que Bayard et Turenne,
Je puis trouver un beau trépas.
On n'ignore pas qu'un bon troupi ,

En France n' meurt pas tout entier.
En attendant l'petit tapin
Dans l'mond' fait joliment son train.

(On danse.)

MARGUERITE.

C'est ça, mon petit.

JULIETTE.

Est-il gentil! est-il gentil!

UN PAYSAN.

Oui, qu'il est gentil. Mais à présent qu' vous
avez tous dansé, je vas faire danser mon singe et
mon ours, toutes mes bêtes; enfin, vous avez commencé, faut qu' chacun ait son tour.

TOUS.

C'est juste, c'est juste.

(*Fête de village; on fait danser les animaux; quelques paysans les taquinent, ils deviennent fu-
rieux; tout le monde se sauve.*)

SCENE II.

CARLO, *sortant de l'auberge.*

Quel bruit aujourd'hui dans ce village! et que
je voudrais être bien loin...... Faut-il que la santé
de ce maudit sourd-muet m'ait forcé de m'arrêter
ici, a quelques lieues de Toulouse! Je toucherais

au terme de mon voyage, et j'aurais reçu la récompense que M. Remondi m'a promise pour perdre cet enfant à Paris. Son plan a été bien conçu. Il a décidé madame Deliguac à lui confier son fils, pour lui faire prendre les eaux de Baguères; il l'a fait passer pour mort, et son cousin hérite de toute la fortune du jeune comte, dont il aura bien sa part. Heureusement, ce village est éloigné de la grande route, et j'ai su le dérober à tous les yeux; il est maintenant en état de continuer le chemin; dans peu nous serons arrivés, et dans peu il ne m'embarrassera plus. Courons à la poste voisine commander des chevaux, et partons.

(Il sort précipitamment.)

SCÈNE III.

MARGUERITE, JULIETTE.

MARGUERITE.

Ah! ma pauvre Juliette, j'ai-t-i eu peur pour toi!

JULIETTE.

Et moi, pour vous, ma mère.

MARGUERITE.

Avec leur singe, leurs ours....., j'en ai assez comme ça.

3

JULIETTE.

A propos d'ours, avez-vous vu c' monsieur qui
loge chez nous, avec ce petit bonhomme qui a
l'air si malheureux, et que j' n'avons pu voir encore ben à mon aise? Comme il courait! il a r'passé
près de nous sans nous voir.

MARGUERITE.

C'est pas pour dire, mais il n'a pas l'air aimable
tous les jours.

JULIETTE.

Queuq'fois c' pauvre petit pleure dans sa chambre..... Je l'entends ; je pense qu'on le maltraite,
et cela me fait de la peine.... Il me semble que je
l'aperçois à la fenêtre ; il pleure encore.

(*Léon ouvre la fenêtre.*)

MARGUERITE.

Comme il a l'air souffrant (*lui adressant la parole*)! Mon petit ami, avez-vous besoin de quelque chose ?

JULIETTE.

Il n' nous répond pas.... Parle donc, mon petit;
quoiqu' tu veux ?

MARGUERITE.

Quel peut être cet enfant? Il a dans sa figure je
ne sais quoi qui m'intéresse. Ces haillons dont il

est couvert me f'raient croire que celui qui l'a
amené ici n'est pas son père : c'est un monsieur
ben vêtu, et lui.....

JULIETTE.

Attends, maman, j' vas l' savoir..... Dis-donc,
c'est-i ton papa, c' vilain monsieur qu'est avec
toi?.... Il m' paraît qui n' veut rien dire.

MARGUERITE, *fixant Léon.*

En le regardant, mon cœur bat.... j'épouve
quelque chose qui n'est pas ordinaire.

JULIETTE.

C'est comme moi : je n' sais pas c' que ça veut
dire ; quand je le regarde ça m'attriste.

MARGUERITE.

Je me rappelle ton frère de lait, que j' n'avons
pas vu depuis que j' l'ons rendu à ses parens......
Il doit être à peu près de cet âge-là.

JULIETTE.

Oui, mais mon frère de lait est riche, et celui-là
est ben malheureux.

MARGUERITE, *à Léon.*

Mon ami, réponds-moi ; quel est ton nom ?....
Même silence..... Serait-il aussi sourd et muet
comme celui que j'ai nourri? Il faut que j'éclair-
cisse mes doutes ; je n'y pouvons pas tenir, et je
pénétrerons jusqu'à lui. (*Musique.*)

SCÈNE IV.

JULIETTE, *seule.*

Au fait, maman a raison, pour ne pas parle
d'puis qu'il est là, faut qu'il n' le puisse pas, parce
que parler, ça n' coûte rien.

SCÈNE V.

JULIETTE, MARGUERITE, *apportant*
Léon dans ses bras.

MARGUERITE.

Ah! Juliette! Juliette! je crois que c'est lui...
Je n'sais que penser; tiens... il me sourit comme
mon petit Léon... il me regarde comme mon petit
Léon... il ne peut m'entendre ni me parler, encore
comme mon petit Léon; c'est lui, c'est bien lui
(*elle le prend dans ses bras.*) Mais ces vêtemens
grossiers... ces lambeaux qui le couvrent!....
Léon est riche, très-riche... cependant... Ah! j'ai
un sûr moyen de savoir la vérité... (*elle lui relève
la manche de sa chemise et découvre un large signe
qu'il a au bras.*) Ah! je n'en peux plus douter, c'est
mon nourrisson. (*Elle le presse sur son cœur, le
couvre de baisers, et l'arrose de ses larmes.*)

JULIETTE.

Quoi! ce petit pauvre s'rait cet enfant si riche.

SCÈNE IV.

Les Précédens, CARLO, *dans le fond.*

CARLO, *à part.*

L'aubergiste avec ce maudit sourd-muet! écoutons.

MARGUERITE, *l'embrassant toujours.*

Oui, oui, c'est bien mon petit Léon, c'est bien celui que j'ai nourri.

CARLO, *à part.*

Sa nourrice! fâcheux hasard; où suis-je venu me fourer?

MARGUERITE.

C'est le ciel qui me l'envoie; il est malheureux (*parlant à l'enfant*); mais rassure-toi, tu ne manqueras de rien: c'est à la générosité de ton père que je dois ce que je possède; si la fortune lui est contraire aujourd'hui, j'te garderai, j'te soignerai, j'te nourrirai, j't'aimerai comme mon enfant... Juliette, vas vite lui chercher une bonne tasse de lait... et puis d'la galette: il l'aimait tant.... mais, non, j'vas y courir moi-même, j'aurai plutôt fait... reste là, mon enfant, reste là. (*Elle*

3*

le prend par la tête, et l'embrasse à plusieurs reprises. Elle sort.)

JULIETTE.

Moi, j'vas lui donner des pommes, des noix... Tu seras ben content, n'est-ce pas; mais que je suis donc bête; j'l'y parle comme s'il pouvait m'entendre et me répondre. Attends, attends, je n' s'rai pas longue à r'venir. (*Elle sort.*)

CARLO, *seul.*

Assez pour que j'aie le temps de le soustraire à vos regards. (*Il s'approche doucement de l'enfant et l'emporte.*

FIN DU DEUXIÈME TABLEAU.

TROISIÈME TABLEAU.

PERSONNAGES.	ACTEURS.
L'ABBÉ DE L'ÉPÉE.	*Josse.*
FRANÇOIS, son domestique.	*Achille.*
Mad. ROBINEAU. ⎫	⎧ *Augustine.*
JAVOTTE. ⎬ Marc. d'Oranges. ⎨ *Bruce.*
MADELEINE. ⎭	⎩ *Aline.*
REMONDI.	*Francis*
CARLO.	*Williams.*
Une marchande de chansons.	*Brunswick*
Un marchand de coco.	*Moreau.*
Un Facteur	*Foissard.*
Un joueur d'orgue.	*Féréol.*
Chifonniers.	⎰ *Deleuve.* ⎱ *Carreau.*

Passans des deux sexes.
Soldats du guet, cinq hommes.

TROISIÈME TABLEAU.

———

Le théâtre représente le Pont-neuf.

SCÈNE PREMIÈRE.

MARCHANDES D'ORANGES, MARCHANDS DE COCO,
PASSANS DES DEUX SEXES.

CHOEUR DES MARCHANDES D'ORANGES.

AIR : *Mesdemoiselles.*

Portugal, bon Portugal,
Qu'est-ce qui veut d' la fine orange,
Portugal, bon Portugal,
Il n'est pas de meilleur régal.

LE MARCHAND DE COCO.

Tu n' nous f'ras pas prendre le change :
Il faut du sucre pour que ça s' mange ;
Et ce n'est pas par leur douceur
Qu' vos oranges ravigottent le cœur.

LES MARCHANDES D'ORANGES.

Portugal, bon Portugal, etc.

LE MARCHAND DE COCO, *à part.*

C'est joliment réchauffant l's'oranges, par le froid qu'il fait; parlez-moi du coco, à la bonne heure.

JAVOTTE.

Portugal, bon portugal!

MADELEINE.

Dis donc, Javotte, n'crie donc pas si fort, ça m'brise l'timpan.

JAVOTTE.

C'est malheureux, vraiment... t'as donc l'oreille ben délicate?

MADELEINE.

Mais un peu, et je m'en flatte.

LE MARCHAND DE COCO, *à part.*

Que j's'rais donc content si elles pouvaient se... (*le signe de se battre.*)

JAVOTTE, *à Madeleine.*

Sais-tu que tu fais ben ton embarras?

MADELEINE.

Non, mais si tu veux faire tant d' bruit, mets-toi dans les chœurs de l'Opéra.

JAVOTTE.

Si j' voulions, j'y serions, et j'y ferions mer-
veille.

MADELEINE.

Oui, de c' pauvr' public t'écorcherais les oreilles.
(*On entend la claquette du facteur.*)

JAVOTTE.

Ah ! j'entends M. Claquette.

LE MARCHAND DE COCO.

V'là le coco !

SCÈNE II.

LES Précédens, UN FACTEUR.

PLUSIEURS.

Y a-t-il une lettre pour moi ? Y a-t-il une lettre
pour moi ?

LE FACTEUR.

Je n'en ai qu'une pour M. Robineau.

LE MARCHAND DE COCO.

V'là le coco !

JAVOTTE, *au facteur.*

N'y a donc rien pour nous ?

LE FACTEUR.

Non, mon petit chou..... Mais vous n' m'en voulez pas tout de même ?

JAVOTTE.

Pas du tout, hirondelle de carême.

(Le facteur sort.)

SCÈNE III.

LES MÊMES, EXCEPTÉ LE FACTEUR.

JAVOTTE.

C'est égal, v'là la journée qui s'avance, et j' vas aller me r'quinquer avec mon déshabillé de basin anglais.

LE MARCHAND DE COCO.

V'là le coco.

MADELEINE.

Ah ! tu donnes dans l'anglais, toi ; moi, j' vas pas chercher mes ajustemens si loin ; j' porte de la mousseline des Indes, tout bonnement.

JAVOTTE.

Quoiqu' vous avez donc, madame Robineau ? c'te lettre a l'air de vous chiffonner.

MADAME ROBINEAU.

J' crois ben ; j' devais aller manger des crêpes

et des beignets à ce soir, chez Jean Hugot, avec
mon fils François, qu'est au service de c' bon monsieur l'abbé de l'Epée, et il ne viendra pas, son
maître sort, et faut qu'il l'accompagne.

JAVOTTE.

Sans doute chez queuqu' malheureux; c'est un
si digne homme! surtout pour les pauvres gens.

Air : *Il me faudra quitter l'Empire.*

Lorsqu'il apprend qu' dans queuqu' famille,
Il y trouve queuqu' muet ou queuqu' sourd,
Tout aussitôt sa gaîté brille,
Et sans perdre de temps il y court :
Pour rendr' service il n'est jamais malade ;
A secourir le malheur toujours prêt,
Pour lui l' but même d'une promenade
N'est que l' prétexte d'un bienfait.

MADELEINE.

C'est ça un être respectable!

MADAME ROBINEAU.

Croiriez-vous qui s' prive presque du nécessaire
pour que ses petits sourds-muets soient plus heureux; enfin, par le temps qu'il fait, il a un petit
manteau ben sec, ben râpé, qui ne doit pas lui
tenir trop chaud.

JAVOTTE.

J' me sentons du respect pour lui, et quand il
passe sur le Pont-Neuf, c' qui lui arrive assez

souvent, j' le r'gardons toujours comme si il était fait autrement qu' les autres hommes.

MADELEINE.

Indépendamment d' sa bonté, faut qu'il ait tout d' même un fier mérite.

AIR: *Ma Céline.*

A l'humanité, ben utile,
Monsieur d' l'Épée a trouvé des secrets
Pour faire c'qui n'était pas facile,
Entendre les sourds, parler les muets:
Traiment oui, c'philosophe, ce sage,
Dont l' talent est si précieux,
Sut donner au geste un langage,
Et prêter une oreille aux yeux.

MADAME ROBINEAU.

Eh ben, croiriez-vous que c' brave homme, qu'est l'admiration d' tous les pays, trouve dans l'sien des gens haineux, intrigans? Enfin, on n' récompense pas ses utiles travaux comme ils devraient l'être:

JAVOTTE ET MADELEINE.

Pas possible!

MADAME ROBINEAU.

J'en sommes sûre; j' connaissous ses affaires comme les miennes, puisque mon garçon est à son ervice.

JAVOTTE.

Ah! c'est juste.

MADAME ROBINEAU.

Si je vous disais que, quoique ben avancé en âge, il va toujours à pied.

JAVOTTE.

Il n'fait pas comme tous nos freluquets.

MADAME ROBINEAU.

Et c'est qui n'fait jamais des dettes, au moins.

MADELEINE.

C'est pour ça qui n'a pas besoin d'voiture.

JAVOTTE.

Ah! v'là mon homme avec son orgue.

MADELEINE.

Et v'la l'mien avec son violon.

SCÈNE IV.

LES MÊMES, UN MARCHAND DE CHANSONS, UN JOUEUR D'ORGUE.

LE MARCHAND DE CHANSONS, *en chantant, en plantant en terre le bâton au bout duquel est une boîte pleine de chansons.*

AIR : ton, ton, ton, taine, ton, ton.

L' plaisir toujours est mon antienne,
Accourez tous, filles et garçons,
Ton, ton, ton, ton, ton, taine, ton, ton,
On sait que pour calmer la peine
Il n' faut qu'un petit r'frain d' chanson,
Ton, ton, ton, taine, ton, ton.

Ici, j' pouvons bien toute la semaine
Chanter et jouer du violon,
Ton, ton, ton, ton, ton, taine, ton, ton:
On dit qu' dans l' ventre d'la baleine,
Jonas jouait du mirliton,
Ton, ton, ton, taine, ton, ton.

JAVOTTE.

As-tu bientôt fini, M. Flonflon, pour que mon homme fasse queuq' chose ?

LE MARCHAND DE CHANSONS.

Avec son orgue !

JAVOTTE.

Il me semble que c'est un joli instrument.

LE MARCHAND DE CHANSONS.

Oui, pour endormir les marmottes.

JAVOTTE; *en colère.*

C'est toujours plus doux que l'son d'ton violon, mon petit Flonflon.

LE MARCHAND DE CHANSONS.

Je n'crois pas, mon petit mouton.

LE JOUEUR D'ORGUE.

Ecoute, ne me mécanise pas; j'suis bon enfant, et j' m'en vas. Un orgue, c'est toujours un orgue, vois-tu; ça plaît et j'nuirais à ta vente: je n'veux pas te faire de tort; mais tu paieras chopine ce soir au boulevart neuf, n'est-ce pas?

LE MARCHAND DE CHANSONS.

C'est dit.

JAVOTTE.

L'plus souvent que j'lui céderais la place.

LE JOUEUR D'ORGUE.

J'suis mieux organisé que toi, ma femme, tu n'es d'accord avec personne: ce n'est pas pardonnable pour l'épouse d'un musicien.

LE MARCHAND DE CHANSONS.

Allons, messieurs, mesdames, faites-vous servir; j'ai des recueils de deux, de quatre, de six, et même de douze sous pour les amateurs (*tout le monde s'éloigne*); ça commence bien... c'est toujours comme ça quand j'parle d'argent (*s'adressant au public.*) Dans ce recueil, messieurs, vous avez la chanson du bon roi Henri Quatre, de ce roi dont le pauvre a gardé la mémoire, de ce roi qui avait de l'humanité, de la générosité, de la gaîté et de la popularité, toutes qualités fort précieuses, messieurs et mesdames (*le public revient et achète des chan-*

4*

sons). (*Apart.*) J'savais ben que j'les frais revenir ; je connais mon public.... c'nom-là n'a jamais manqué son effet.

(*Tandis qu'il vend des chansons, on voit dans le fond, M. l'abbé de l'Épée donnant le bras à son domestique, et traversant le théâtre ; Carlo est parmi les gens qui achètent des chansons. Rémondi passe sur le pont, et reconnaît Carlo ; la nuit commence à tomber.*)

SCÈNE V.

Les Précédens , CARLO , REMONDI.

REMONDI.

Eh ! ... je ne me trompe pas, c'est Carlo.

CARLO.

Moi-même , monsieur. Que je suis bien aise de vous voir !

REMONDI.

Dis-moi donc ce qu'est devenu cet enfant ?

CARLO.

Ah ! monsieur, il nous est arrivé en route accident sur accident , et nous ne sommes à Paris que depuis ce matin. J'ai une chambre dans une petite maison de la rue de la Huchette ; notre sourd-muet y est déposé , et j'attends la nuit pour le perdre ;

c'est pour choisir un endroit propice, qu'il m'est venu l'idée de faire cette promenade.

REMONDI.

C'est bien ; sa mort est déjà constatée à Bagnères. J'enrichirai mon cousin malgré lui. J'ai pris la poste pour amener dans cette grande ville le petit André ; il m'a été fort utile à Bagnères ; je l'ai promené partout, et tout le monde attesterait avoir vu vivre et mourir le jeune comte de Saint-Didier.

CARLO.

Et si ce petit André venait à parler.

REMONDI.

Que dirait-il ?.... Je n'ai pas voyagé de jour , et il lui serait bien impossible d'expliquer d'où il vient. Mais voici la nuit , il faut mettre notre projet à exécution , et nous défaire de ce sourd-muet , dont la présence peut nous devenir funeste ; partons.

Air : *Walse de Robin des Bois.*

Cette nuit nous sera propice ,
Il faut le perdre sans délai :
Dans l'ombre ici je crois voir la justice
Sur les marches de son palais.

CARLO.

Près du Pont-Neuf, oui, tout nous favorise
Pour exécuter ce projet ;

Et la preuve, en cas de surprise,
Bien vite alors disparaîtrait.

(Ensemble en sortant.)

Cette nuit nous sera propice, etc.

SCÈNE VI.

LE MARCHAND DE CHANSONS.

J'ai tout d' même fait de bonnes affaires à ce soir; mais la froid pique si fort, que je n' peux plus tenir mon archet, et il est temps de fermer boutique. Comme il fait déjà noir sur c' Pont-Neuf..... Allons, Madeleine, Javotte, viens-tu pincer ton rigodon?

MADELEINE.

Je ne demandons pas mieux, partons.

LE MARCHAND DE CHANSONS.

Allons à la guinguette,
V'là l'heure où le bal va commencer,
Et jusqu'à demain sans se lasser
Il nous faudra danser.
L'plaisir que chacun guette,
L'un l'trouve dans un joyeux festin,
Un autre dans un œil malin.
Moi, dans un gai refrain,
Partons, enfans de la goguette
Avec un' chansonnette
J'égay'rai le chemin.

(Ils sortent).

SCÈNE VII.

(*On entend le bruit d'un carrosse, et un peu après il paraît au fond du théâtre. L'orchestre joue l'air: N'entend-on rien? d'*AZÉMIA. *La voiture s'arrête, Carlo en descend, et prend le petit sourd-muet endormi, qu'il dépose par terre, près d'une borne; il remonte dans la voiture, et disparaît.*)

SCÈNE VIII.

(*Quatre chiffonniers, avec leurs lanternes, entrent en scène de différens côtés, et une patrouille un peu après.*)

CHŒUR.

Air : *de la Fiancée*, (Garde à vous).

Cherchons bien, (*bis*)
Car on n'perd pas grand chose :
Ici chacun, je l' suppose,
Prend trop garde à son bien;
Puis encor d'une autre cause,
T' m' stutien.
Trop de gens qu' pourtant on loue,
Travaillent dans la boue,
Qu' pour nous autr's, je l' soutien,
Le métier n' vaut plus rien.

UN CHIFFONNIER.

Il n' manque pourtant pas d' gens qui s'occupent d' notr' denrée.

AIR :

Que d' chiffons (*bis*)
S' font dans l' siècle où nous vivons,
Que d' chiffons (*bis*).
Doivent grossir notre fonds ;
Romans bien noirs et bien longs,
Mémoires, traductions,
Epîtres, opéras, chansons,
D' nos Jésuit's tous les sermons.
Drame bien noirs et bien longs.

Si nous nous enrichissions
D' tous les livres qui n' sont pas bons,
Loin d'être couverts de haillons,
D' drap d'or j' nous habillerions.

Car...

Que d' chiffons, etc.

L'AUTRE CHIFFONNIER.

Mais tout ça n' fait pas nos affaires ; il faut continuer nos recherches.

UN CHIFFONNIER.

Adieu, bonne chance.

L'AUTRE CHIFFONNIER.

Bonne nuit.

(*Ils reprennent le chœur, et la patrouille reparaît.*)

Cherchons bien (*bis*).

(*Ils cherchent, en s'éloignant, auprès de chaque borne, et l'un d'eux voit l'enfant sur lequel il est prêt de donner un coup de crochet.*)

LE CHIFFONNIER.

Ah! mon Dieu! c'est un enfant!.... Dites-donc,
les autres, la patrouille, le caporal.

(*Tous s'approchent.*)

Air :

C'est une trouvaille peu commune,
J' n'en fais pas d' pareille souvent;
Faut-il, lorsque j'cherche fortune.
Qu'ici je n' trouve qu'un pauvre enfant.

TOUS.

C'est un enfant.

LE CHIFFONNIER.

Un pauvre enfant.

SCÈNE IX.

LES PRÉCÉDENS, DE L'ÉPÉE, FRANÇOIS.

DE L'ÉPÉE, *attiré par le bruit.*

Ah! mes amis, quelle ardeur vous transporte?
Qu'avez-vous donc pour crier de la sorte?

LE CHIFFONNIER.

Mon bon monsieur, c'est qu'en c' moment
Je viens de trouver un enfant.

DE L'ÉPÉE.

Un enfant?

TOUS.

Un enfant?

CHŒUR.

Quelle trouvaille peu commune, etc.

L'ABBÉ DE L'ÉPÉE.

Faites le moins de bruit possible, mes amis...
L'infortuné! peut-être a-t-on profité de son som-
meil pour le perdre !...(*Il le ramasse à terre.*)
Abandonné de ceux qui devaient veiller à sa con-
servation, ce pauvre enfant n'a-t-il pas des titres à
ma bienfaisance... De votre côté, mes amis, donnez aux magistrats tous les détails qui pourraient
les mettre sur la trace de ce crime, et dites que
l'enfant a été recueilli par l'abbé de l'Épée. (*Tous
avec respect et s'éloignant.*) L'abbé de l'Épée.

DE L'ÉPÉE.

Air :

Combien son malheur m'intéresse!
On l'abandonne et sans retour!
Se peut-il qu'ainsi l'on délaisse
Un enfant qui nous doit le jour?
En paix je vois ce petit être
Dormir dans mes bras:
Au bonheur il rêve peut-être,
Allons, parlons bas,
S'il est heureux, ne le réveillons pas. (*bis.*)

(*Ils reprennent le chœur piano en sortant, et la toile
tombe.*)

FIN DU TROISIÈME TABLEAU.

QUATRIÈME TABLEAU.

PERSONNAGES.

PERSONNAGES.	ACTEURS.
M. L'ABBÉ DE L'ÉPÉE.	*Josse.*
LÉON de St.-DIDIER,	*Fleury.*
CARLO, sous le costume d'officier.	*Williams.*
GERMONT, avocat.	*Laba.*
Un Ambassadeur Russe.	*Chéron.*
Une Princesse.	*Lesourd.*
FRANÇOIS, domestique.	*Sophie.*
GERTRUDE, femme de confiance.	*Amélie.*
Sourds-Muets, élèves de M. l'Abbé de l'Epée.	
Personnages des deux sexes.	

QUATRIÈME TABLEAU.

La scène est à Paris — Le Théâtre représente l'intérieur de la salle d'exercice des sourds-muets.

SCÈNE PREMIÈRE.

FRANÇOIS, GERTRUDE, *occupés à préparer la salle.*

Air :
De la séance
L'heure s'avance :
Montrons ici d'la vigilance.
De la séance,
L'heure s'avance.
Et déjà
Tout l'monde est là. (ter.

GERTRUDE, *regardant les tableaux qui doivent servir aux sourds-muets.*

D'vant ces objets, moi je reste en extase,
Le sourd entend au moyen d'écriteaux,
Et c'est encore avec ça que l' muet jase,

FRANÇOIS.

Vous n'avez pas besoin de ces tableaux.

ENSEMBLE.

De la séance, etc.

FRANÇOIS.

Et dire que c'est un homme qui a inventé tout cela !

GERTRUDE.

Oui, mais ce n'est pas un homme ordinaire ; il est aussi bon, aussi charitable pour les autres, qu'il est dur pour lui-même ; quand on pense qu'il reste sans feu dans sa chambre, par un froid de seize degrés !

FRANÇOIS.

C'n'est pas trop réchauffant tout d'même, et rien que d'y penser j'en grelotte déjà.

GERTRUDE.

Tout cela par amour pour ses élèves ; il retranche chaque jour sur son nécessaire pour pourvoir à leurs besoins.

FRANÇOIS.

C'est trop fort, c'n'est même pas raisonnable ; parce que charité bien ordonnée c'est de commencer par soi-même. C'proverbe-là m'irait joliment à moi.

GERTRUDE.

M. de l'Épée ne le met guère en pratique ; il ne songe à lui que lorsque les autres n'ont besoin de rien.

FRANÇOIS.

Peut-on être égoïste à ce point-là !

GERTRUDE.

Il regretterait de dépenser pour lui ce qu'il appelle le patrimoine de ses enfans ; mais ça n'durera pas.

FRANÇOIS.

Tant mieux, parce que quand je vais faire sa chambre j'ai toujours l'onglée.

GERTRUDE.

J'ai formé un complot....

FRANÇOIS.

Contre la gelée?...

GERTRUDE.

Non, contre M. de l'Épée, et j'ai mis à la tête ce petit sourd-muet, son élève de prédilection.

FRANÇOIS.

Un muet à la tête d'un complot! c'n'est pas maladroit, ça.

GERTRUDE.

Vous savez bien duquel je veux parler.

FRANÇOIS.

Oui, d'celui qu' nous avons trouvé il y a deux ans, un soir qu'il faisait nuit sur le Pont-Neuf, et qu'il appelle Joseph... C'qu'il y a de drôle, c'est que quand il l'a amené ici, il ne savait pas qu'il était

5*

sourd-muet, et il nous disait tout le long du chemin, silence, silence...ne le réveillons pas....N'y
avait pas d'danger...

GERTRUDE.

Que de bonté !... C'est une chose bien extraordinaire, dire qu'il y a des muets.

FRANÇOIS.

Et des muettes donc! c'est bien plus extraordinaire encore !

SCENE II.

Les Mêmes, LÉON.

FRANÇOIS.

Ah ! le v'la ; qu'est-ce qui va nous dire?...

LÉON.

*Il exprime à Gertrude que tous ses camarades
sont rassemblés, et qu'ils paraîtront au premier signal.*

GERTRUDE.

Il nous dit que ses camarades attendent.

LÉON.

*Il leur montre ses petites économies et les leur
donne, à l'un pour acheter du tabac, à l'autre pour
son café.*

FRANÇOIS, *à Gertrude.*

Il vous donne pour votre café.

GERTRUDE.

Et vous, pour votre tabac.

(*Elle fait signe à Léon qui se sauve; ils se mettent à l'écart.*)

SCÈNE III.

DE L'ÉPÉE, FRANÇOIS, GERTRUDE.

DE L'ÉPÉE, *une lettre à la main.*

Quelle heureuse nouvelle!.... je puis espérer que les peines que je me donne pour faire reconnaître l'état de ce jeune sourd-muet, que j'ai depuis deux ans, seront un jour couronnées de succès. Cette lettre de M. l'abbé Le Noir, chef du conseil de monseigneur le duc de Penthièvre, prouve combien on s'intéresse à lui. Relisons-là.

(*Il lit.*)

« Monsieur,

« Monseigneur le duc de Penthièvre accorde « une pension de huit cents francs à ce jeune « sourd-muet que vous avez reçu si généreusement « il y a deux ans, et que vous espérez rendre à sa « famille. Cette pension, qu'il doit à l'intérêt qu'il « vous inspire, en allégeant vos charges, vous ai- « dera dans vos recherches et ne sera payée que « sur vos quittances. Je vous annonce en outre

« que M. le ministre de la guerre, à qui vos
« notes ont été remises, a ordonné à toutes les ma-
« réchaussées du royaume de prendre des infor-
« mations sur cet enfant, et que vous pouvez comp-
« ter sur sa protection. » Heureux les sujets d'un
royaume dont les ministres, dépositaires de l'autorité du souverain, secondent si bien ses vues pa-
ternelles !... Avec quel empressement Monseigneur le duc de Penthièvre a tenu sa promesse;
mais cela ne doit pas m'étonner.

Air : Muse des bois.

Plus d'une fois, déguisant sa naissance,
Sous des habits modestes comme lui,
Penthièvre alla secourir l'indigence,
Car du malheur toujours il fut l'appui.
Fuyant l'éclat, soulageant la détresse,
Ce prince, objet de respects et d'honneurs,
Va lentement où règne l'allégresse,
Et toujours vite où l'on verse des pleurs.

(Voyant François et Gertrude.)

Ah ! c'est vous ! quel air triste !.. Qu'avez-vous,
Gertrude ? on dirait que vous pleurez...

GERTRUDE.

Oui, monsieur, j'ai du chagrin ; je vois ici des
choses qui m'affligent...

DE L'ÉPÉE.

François aussi, n'a pas l'air content.

FRANÇOIS.

C'est vrai, monsieur, et c'est vous qui êtes cause de tout ça.

DE L'ÉPÉE.

Expliquez-vous, et dites-moi comment j'ai pu vous causer quelque peine.

GERTRUDE.

Ce n'est pas moi qui vous expliquerai cela, mais d'autres que vous chagrinez aussi, et dont l'éloquence est plus persuasive que la mienne : les voici... (*Elle fait signe, et tous les sourds-muets, ayant à leur tête le jeune Léon Saint-Didier, l'orateur de la troupe, entourent M. de l'Epée, et se mettent à ses genoux, en lui demandant une grâce.*)

SCÈNE IV.

Les Précédens, LÉON, SOURDS-MUETS.

DE L'ÉPÉE.

Que veulent-ils ?... ils ont l'air de me supplier...

LÉON *lui peint sa douleur et celle de ses camarades, en songeant qu'il se prive même de feu malgré le froid.*

DE L'ÉPÉE.

Ils croient que pour eux je m'impose des pri-

vations; ils me reprochent de ne pas faire du feu
dans ma chambre; ils ignorent donc que rien ne
réchauffe mieux le cœur du vieillard, que le souvenir de quelques bonnes actions.

LÉON *lui demande ce qu'il deviendraient tous s'ils*
  avaient le malheur de le perdre, et le supplie
  de se conserver pour eux.

DE L'ÉPÉE.

Ils craignent de me perdre, et me prient de
me conserver pour eux. Les pauvres enfans!...

LÉON *lui exprime leur ferme résolution de ne rien*
  accepter qu'il n'ait promis de prendre bien soin
  de sa vieillesse.

DE L'ÉPÉE.

Ils me menacent de refuser mes bienfaits, si je
ne leur promets de prendre soin de moi; je dois
me rendre à leurs vœux. Que ces marques d'at-
tachement me sont chères!.

GERTRUDE.

Ce n'est pas sans raison que j'ai compté sur
leur éloquence.

FRANÇOIS.

L'fait est qu'il y a bien des gens qui parlent,
qui n' s'expliquent pas aussi bien.

(*M. de l'Epée souscrit à tous leurs désirs et les*
  presse sur son cœur, au même instant arrive
  M. Germont.)

SCÈNE V.

Les Précédens, GERMONT, *en robe*.

GERMONT.

Agréez, monsieur, l'expression de mon respect. On vous trouve toujours au milieu de votre famille.

(*A peine Léon a-t-il aperçu Germont, qu'il éprouve une émotion visible; il est sur le point de perdre connaissance; ses camarades le soutiennent, ainsi que Gertrude et François, qui lui prodiguent des secours; il revient à lui, et M. de l'Épée l'interroge sur la cause de son émotion. Léon lui exprime par signe que son père portait une robe comme celle-là.*)

DE L'ÉPÉE, *à Germont*.

Le souvenir de son père, qui occupait sans doute une place dans la magistrature, lui a causé cette émotion : votre costume, en frappant ses regards, a reporté ses souvenirs à sa plus tendre enfance.

GERMONT.

Que je m'en veux d'avoir causé sa douleur !

DE L'ÉPÉE.

Ah ! monsieur, c'est un léger mal qui produira, n'en doutez pas, un grand bien : ce premier indice est plus précieux que vous ne pensez, il

peut en amener d'autres, et grâce à son éducation
et à ma persévérance, il nous conduira, je l'espère,
sur les traces de sa famille. Mais puis-je savoir,
monsieur, ce qui me procure l'honneur de votre
visite?

GERMONT.

Oui, monsieur; je plaide aujourd'hui pour deux
sourds-muets accusés d'avoir dérobé chez un
boulanger un morceaux de pain.

DE L'ÉPÉE.

Les malheureux ne connaissaient donc pas cette
maison?

GERMONT.

J'ai compté sur votre bon cœur et sur le secours de vos lumières dans l'interprétation de
leurs réponses, et j'ose espérer, monsieur, que vous
ne refuserez pas votre appui à deux infortunés
que la faim seule a rendu coupables.

Air : *Dis-moi, mon vieux.*

Ils comptent sur votre assistance,
Venez adoucir leur chagrin;
Je suis certain que leur seule indigence
Est la cause d'un tel larcin.
De votre cœur la charité sincère
Ne peut manquer d'entendre mes accens:
Des sourds-muets on vous nomme le père,
Et je vous prie au nom de vos enfans.

DE L'ÉPÉE.

Disposez de moi, monsieur; si le besoin seul
leur a fait commettre une faute, je ne désespère
pas, avec l'appui de vos talens, de les voir
rendre à la liberté. Je vous demanderai la permission d'emmener avec moi ce jeune élève,
sur lequel votre vue a fait tant d'impression; il
sent vivement, et ses études sont assez avancées
pour qu'à son retour il puisse communiquer à
ses camarades les impressions qu'il aura reçues!
Il leur peindra l'opprobre et la honte qui s'attachent
aux coupables; c'est ainsi que je leur fais donner
des leçons de morale.

GERMONT.

Je croyais, monsieur, que rien ne pouvait ajouter à mon respect et à ma vénération, et plus
je vous entends, plus je vois que je me suis trompé.

DE L'ÉPÉE.

Je vais donc le prévenir qu'il nous accompa-
gnera. (*Il fait signe à Léon, qui paraît enchanté
de sortir avec son maître.*)

GERMONT.

Que sa figure est expressive!

DE L'ÉPÉE.

Elle peint la candeur et la bonté de son âme,
l'intelligence et la vivacité de son esprit. Le ha-

6

sard qui me l'a adressé et m'absout à mes propres
yeux de l'espèce de prédilection que j'ai pour
lui, et qu'il mérite sous tous les rapports.

GERMONT.

Ses parens vous sont inconnus ?

DE L'ÉPÉE.

Tout à fait.

Air : *de la Vieillesse.*

Non loin d'ici, par une nuit bien sombre,
Cet infortuné fut perdu;
Chez moi je rentrais, et dans l'ombre
Sur le pavé je le vis étendu;
Je pensai qu'il était victime
Des complots de quelque méchant,
Et tout en pleurant sur le crime
Je recueillis le pauvre enfant. *(bis).*

Ses traits, marqués par la souffrance,
Annonçaient des tourmens bien longs:
Pourtant d'une certaine aisance
La trace encore était sous ses haillons.
Sourd-et-muet, ah! c'était Dieu lui-même
Qui m'envoyait ce petit innocent:
Je compris son ordre suprème ;
Et j'adoptai le pauvre enfant.   *(Bis.)*

*(Le jeune Léon, voyant les yeux de l'abbée de l'Épée
fixés sur lui, devine qu'il est question de lui, et
vient se jeter dans les bras de son instituteur.)*

DE L'ÉPÉE.

Sa figure distinguée, ses manières, me le firent

observer plus particulièrement; je le plaçai dans différentes positions, et je remarquai avec attention celles qui lui paraissaient le moins étrangères. L'habitude qu'il paraissait avoir d'objets inconnus chez les pauvres gens, l'effet que produisaient sur lui les habits grossiers dont on avait pris soin de le couvrir, tout me fit soupçonner que le désir de cacher une faute que le monde ne pardonne jamais, avait pu motiver son abandon....Mais c'est assez nous occuper de cet enfant, revenons au motif qui vous amène. A quelle heure est appelée l'affaire de nos cliens?

GERMONT.

A deux heures, et jusque-là, je vous demanderai la permission d'assister à vos travaux.

DE L'ÉPÉE.

Vous me prévenez; car j'allais vous engager à rester à cette séance, qui doit être honorée de la présence de plusieurs grands personnages. (*Il appelle François.*) François, faites entrer.

SCÈNE VI.

LES PRÉCÉDENS, PERSONNAGES DES DEUX SEXES.
(*On remarque dans la foule Carlo en officier.*)

CHOEUR.

AIR : *De la fiancée.*

De la cour et de la ville,
On vient, guidé par le cœur
Pour visiter cet asile
Des talens et du malheur. } *Bis.*

FRANÇOIS, *annonçant.*

M l'Ambassadeur de Russie et son Altesse royale.

L'AMBASSADEUR.

Il y a long-temps, monsieur, que je désirais avoir l'honneur de vous voir ; le bruit de vos utiles travaux est parvenu jusqu'à nous, et la renommée....

DE L'ÉPÉE.

Est quelquefois bien menteuse.

L'AMBASSADEUR.

Ah ! monsieur, votre patrie renferme bien des hommes de génie ; mais aucun, selon moi, par le cachet de l'invention, n'est au-dessus du fondateur de l'institution des sourds-muets, dont le génie semble un astre nouveau se levant pour féconder une terre frappée de stérilité.

DE L'ÉPÉE, *confus.*

Monsieur....

SCENE VII.

Les Precédens, SON ALTESSE.

DE L'ÉPÉE.

Ah! madame, votre présence dans cette maison
était depuis long-temps l'objet de tous mes vœux;
j'oserai-même vous avouer que je comptais sur
votre visite; sachant qu'aucun asile du malheur
ne reste étranger à votre tendre sollicitude, et que
partout vous portez la consolation et le bonheur.

SON ALTESSE.

Ici, monsieur, j'apporte plus encore; c'est de
l'admiration.

(*Ici, Léon demande à M. de l'Épée la permission de
présenter, au nom de ses camarades, ses respects
à son Altesse.*)

SON ALTESSE.

Que désire cet intéressant enfant?

DE L'ÉPÉE.

Vous offrir ses respects. (*Ici, Léon fait par signe
un compliment à la princesse*)

CARLO , *à part.*

Plus de doute, c'est lui.

SON ALTESSE.

Quelle joie dans ses regards !

6*

DE L'ÉPÉE.

Elle est bien naturelle, madame. Il dit que c'est aujourd'hui qu'il sent pour la première fois le bonheur de l'instruction qui le met à même de pouvoir joindre l'expression de ses sentimens à la voix de toute la France. Si vous voulez prendre place, madame, nos exercices commenceront.

(Musique: Reprise du chœur précédent; chacun prend place. Un chevalet, placé à la droite du spectateur, est destiné à recevoir un tableau sur lequel les sourds-muets écrivent leurs réponses aux demandes qui leur sont adressées; chaque sourd-muet est assis, et tient à la main un tableau noir et un crayon blanc.)

DE L'ÉPÉE.

Veuillez leur faire des questions; quelle qu'en soit la gravité, je les leur transmettrai, et ils y répondront.

UN SPECTATEUR.

Qu'est-ce que la reconnaissance? (*M. de l'Épée le leur demande par signe. Un élève apporte son tableau sur lequel on lit:* C'est la mémoire du cœur.)

L'AMBASSADEUR.

Quel est le meilleur gouvernement? (*M. de l'Épée transmet la question. Après un moment de silence, un élève apporte son tableau. On y lit:* C'est un gouvernement paternel.)

SCÈNE VII.

SON ALTESSE.

Quelle est la vertu la plus nécessaire à un bon roi?
(*M. de l'Epée leur adresse cette demande : un élève
répond :* C'est la justice.)

GERMONT.

Quel est en France le plus grand homme vivant?
(*M. de l'Epée leur adresse cette question. Un
élève écrit :* la nature nomme Buffon; *un autre :* la
science indique d'Alembert. *Léon apporte en dernier son tableau, on y lit :* La nature nomme
Buffon, la science indique d'Alembert, le sen-
timent et la vérité réclament J.-J. Rousseau,
l'esprit et le goût désignent Voltaire; mais le
génie et l'humanité proclament de l'Epée! Je le
préfere à tous les autres.

(*Il vient ensuite dans ses bras.*)

DE L'ÉPÉE.

Il faut lui pardonner cette erreur, c'est l'en-
thousiasme d'un cœur reconnaissant.

CHOEUR.

AIR : *d'une visite à Saint-Cyr.*

Oui, chacun, de cette jeunesse,
Voudrait ici finir les maux:
Pour ces enfans on sent de la tendresse,
Et plus leur malheur intéresse,
Plus on admire leurs travaux.

CHOEUR.

Oui, chacun de cette jeunesse, etc.

L'AMBASSADEUR

Tout ce que j'ai vu m'a saisi d'étonnement. Comment avez-vous pu ainsi orner leur esprit et former leur cœur?...

DE L'ÉPÉE

Avec des soins, de la patience; ajoutez à cela que la nature, pour dédommager ces infortunés des torts qu'elle eut envers eux, leur a donné une délicatesse d'instinct, une rapidité dans l'imagination. Croiriez-vous que je compte parmi mes élèves des mathématiciens, des historiens, des littérateurs? Celui que vous voyez là (*Il en désigne un*) remporta dernièrement un prix de poésie sur vingt concurrens.

L'AMBASSADEUR.

Monsieur de l'Épée, ce ne sont pas seulement des éducations que vous avez faites, ce sont des âmes que vous avez créées

AIR. *Ce magistrat irréprochable.*

Ah! qu'il est vaste le génie
Qui parvient à de tels succès!
Vous honorez votre patrie,
Et vous lui rendez des sujets
Qu'on croyait perdus à jamais.
Ah! loin de chercher des conquêtes

Dont s'attriste l'humanité ;
C'est entouré des heureux que vous faites?
Que vous marchez à l'immortalité.

DE L'ÉPÉE.

Je ne mérite pas les éloges dont vous me comblez. Cet établissement n'est encore qu'à son origine, et je suis loin d'avoir atteint la perfection; mais d'autres viendront après moi, et ce que j'ai commencé se développera, s'agrandira, se perfectionnera.

SON ALTESSE.

Vous avez raison, Monsieur, la première idée d'un grand homme est un germe toujours fécond.

L'AMBASSADEUR.

M. de l'Épée, l'impératrice de Russie, ma souveraine, connaissant tous les sacrifices que vous ne cessez de faire pour vos élèves, m'a chargé de vous offrir des marques de sa munificence.

DE L'ÉPÉE.

Monsieur l'ambassadeur, je ne reçois jamais d'or. Dites, je vous prie, à S. M., que si mes travaux ont quelques droits à son estime, tout ce que je lui demande c'est de m'envoyer quelques sourds-muets de naissance *(à son altesse)*. Croyez, madame, que le souvenir de votre présence en ces lieux restera éternellement gravé dans nos cœurs.
(On entend sonner deux heures.)

GERMONT.

Monsieur, je vais toujours me rendre au tribunal.

SON ALTESSE.

Au tribunal?...

DE L'ÉPÉE.

Oui, madame, deux sourds-muets me prient de leur servir d'interprète, et voici l'heure.

SON ALTESSE.

Allez, allez; les malheureux ne doivent jamais attendre.

DE L'ÉPÉE.

Ah! mon Dieu! s'ils sont innocens, ne permets pas qu'ils succombent; s'ils sont coupables, donne leur la force de se repentir.

AIR :

Tant de douceur, tant de bonté
Sont un prodige en vérité;
Cet ami de l'humanité   (Bis).
En tous lieux doit être cité.

FIN DU QUATRIÈME TABLEAU.

CINQUIÈME TABLEAU.

PERSONNAGES.	ACTEURS.
M. DE L'ÉPÉE.	*Josse.*
LÉON DE SAINT-DIDIER.	*Fleury.*
ANDRÉ.	*Berger.*
REMONDI.	*Francis.*
CARLO.	*Williams.*
GERMONT.	*Laba.*

Passans des deux sexes, avocats en robe.
Pauvres des deux sexes.

CINQUIÈME TABLEAU.

Le théâtre représente la vue du Palais de Justice, prise dans la cour à droite près du mur; André est couché sur des crochets...

SCÈNE PREMIÈRE.

REMONDI, ANDRÉ, *endormi.*

REMONDI.

Carlo vient de m'envoyer ce billet, et me dit de l'attendre dans cette cour: l'endroit est bien choisi!

AIR: *Vaudeville de Partie fine.*

Me donner rendez-vous ici,
Voyez quel singulier caprice!
Pourquoi s'entretenir ainsi
Si près du Palais de Justice?
Ce voisinage n'est pas bon,
Il n'a rien qui puisse me plaire;
D'ailleurs je crois avec raison
Qu'il ne faut pas qu'un papillon
Vienne si près de la lumière.

Il se fait bien attendre... Ah! je l'aperçois! arrive donc, lambin.

SCÈNE II

LES PRÉCÉDENS, CARLO.

CARLO.

Monsieur, la course est longue, et il m'a fallu changer de costume.

REMONDI.

C'est bon, parle.

CARLO.

C'est bien le jeune comte de Saint-Didier que j'ai vu chez M. l'abbé de l'Épée ; ses traits m'ont frappé, et les gens de la maison, que j'ai fait causer, m'ont raconté toute son histoire.

REMONDI.

M'en voilà donc sûr !

CARLO.

Sachez de plus que ce M. de l'Épée a trouvé des protecteurs, et que des ordres ont été donnés à toutes les brigades de maréchaussée pour découvrir les parens de cet enfant.

REMONDI.

Il ne faut pas le perdre de vue.

CARLO.

Songez, monsieur, qu'il pourrait nous reconnaître, et il ne serait pas prudent.

REMONDI

Tant que cet enfant restera en sa puissance, je ne serai pas tranquille.

CARLO.

Vous avez raison ; tôt ou tard il nous jouera quelque mauvais tour.

REMONDI.

C'est décidé, dès ce jour je m'attache à ses pas...

CARLO.

Je l'avais prévu, monsieur, c'est pour cela que je vous ai donné rendez-vous ici. Notre jeune sourd-muet est au tribunal avec son instituteur ; justement je les aperçois ; retirons-nous bien vite.

REMONDI.

Si je pouvais !.... suis-moi. (*Ils sortent.*) *Musique.*

SCÈNE III.

M. DE L'ÉPÉE, LÉON, GERMONT, CARLO ET REMONDI. (*Ils se mettent dans le fond.*)

GERMONT.

Enfin, nos peines ont été couronnées de succès ; que je vous remercie de vos généreux efforts !

DE L'ÉPÉE.

Je vous dois beaucoup aussi, monsieur : cette

journée m'a mis à même de juger tout le parti
que je pouvais tirer des facultés de mon élève, et
tout ce que je pouvais entreprendre pour découvrir son pays et son nom.

CERMONT.

Ah! monsieur, si mes services pouvaient un
jour vous être utiles, que je serais heureux de
m'associer à cette tâche glorieuse! que je serais
fier de vous aider dans cette noble entreprise!
(*On entend une musique lugubre, et Léon aperçoit dans le fond, des pauvres avec des flambeaux;
ils paraissent suivre un convoi.*)

DE L'ÉPÉE.

Quel est ce convoi?...

GERMONT.

Celui d'un homme de bien, que les gens pauvres regrettent.

DE L'ÉPÉE.

Quel touchant tableau!
(*Il fait signe à Léon, qui regarde et exprime ensuite que son père est mort il y a quelques années,
qu'on l'avait revêtu d'un petit manteau noir, et
qu'il y avait aussi derrière un grand nombre
de pauvres, un flambeau à la main et les épaules
couvertes d'un morceau de toile grise. Il se met
à genoux et pleure. M. de l'Épée et Germont se
découvrent seulement.*)

DE L'ÉPÉE, *à Germont.*

Ce convoi lui rappelle celui de son père ; il
dit que beaucoup de pauvres le suivaient aussi,
un flambeau à la main ; que lui-même avait un
manteau... Tout se réunit pour prouver qu'il
n'appartient pas à la classe indigente.
(*Léon fixe l'abbé de l'Épée, et lui exprime qu'il en a
trouvé un second en lui.*)

DE L'ÉPÉE.

Oui, je suis ton père, je le serai toujours.
(*Léon vient se jeter dans ses bras. Il paraît toujours
occupé de ce qu'il a vu.*)

GERMONT.

Comme il est agité !

DE L'ÉPÉE.

Il paraît frappé des souvenirs... ils semblent
se reproduire à son esprit avec force... Il a éprou-
vé aujourd'hui bien des émotions, bien des se-
cousses, et je crois qu'il serait prudent de ren-
trer.

GERMONT.

Je vais dire à ce commissionnaire de vous faire
avancer une voiture. (*Il va réveiller André.*)

DE L'ÉPÉE.

Que d'obligeance !

7*

ANDRÉ, *se réveillant.*

Ah! c'était bien la peine de me réveiller; j'étais si heureux!.. (*Il voit Léon*) Ah! mon Dieu est-ce que je rêve encore? C'est ce petit...
(*Léon fait signe à M. de l'Épée qu'il a vu André quelque part*).

DE L'ÉPÉE.

Connaîtriez-vous cet enfant?

ANDRÉ, *se frottant les yeux.*

Non, monsieur... Attendez donc, je crois que si... Ah! oui, je le reconnais; c'est à lui que je rêvais.

DE L'ÉPÉE.

Où l'avez-vous vu?...

ANDRÉ.

Ça n'est pas facile à dire, par exemple.. Imaginez-vous qu'un jour, j'étais sur une grande route, tombant de besoin; v'là qu'un beau monsieur me ramasse, me met dans une belle auberge, où il me fait bien manger. Plus tard, il me donne de l'argent pour faire le sourd et le muet, et ensuite il m'en donne encore pour faire le mort. On m'apporte de beaux habits, qui étaient à ce petit monsieur, moi, je n'en voulais pas, peur de lui faire de la peine; mais on me dit qu'il en avait bien d'autres, et je ne fis plus tant le difficile; je les ai mis, et on me promenait partout en m'appelant le jeune comte de.... ma foi, je ne me souviens plus de mon nom de comte.

GERMONT.

Peut-être a-t-on profité de l'infirmité de cet enfant pour s'emparer de sa fortune.

DE L'ÉPÉE, *à André.*

Mais où tout cela s'est-il passé?

ANDRÉ.

Ah! je ne sais pas; mais il y a bien loin, car nous sommes venus en poste, et nous avons été bien des nuits en route.

DE L'ÉPÉE.

Et vous ne vous souvenez pas?...

ANDRÉ.

Je me souviens qu'on me faisait du bien, et que je me laissais faire; voilà tout.

Air : *Vaudeville de la somnambule.*

De la fatigue j'endurais le martyre,
Un brave monsieur m' fait donner du bon vin.

DE L'ÉPÉE.

Que vous dit-il?

ANDRÉ.

Je ne puis vous le dire,
J'étais mourant de fatigue et de faim.

Quand j'fus r'venus je m'en r'souyiens encore,
Je fis le mort étalé dans d'beaux draps.

DE L'ÉPÉE

Mais dans quel but?

ANDRÉ.

Voilà ce que j'ignore.

CERMONT

Pour quel motif?

ANDRÉ.

V' là c' que je ne sais pas.

(Pendant ce couplet on aperçoit Remondi et Carlo dans le fond, et ensuite sur les marches du Palais de Justice.)

DE L'ÉPÉE.

Sauriez-vous au moins par quelle barrière vous êtes entré?

ANDRÉ.

Pas davantage, puisque c'était toujours la nuit qu'on me faisait rouler. On m'a réveillé à la porte d'une auberge en me donnant de l'argent, et je n'ai plus revu personne.

CARLO, *à Remondi.*

Pensez donc, monsieur, nous serions perdus.

REMONDI, *brusquement.*

Laisse-moi, va-t-en.

CARLO.

Volontiers. (*Il disparaît dans l'intérieur du Palais de Justice.*)

DE L'ÉPÉE à *Germont.*

Sachons si on a pris la même précaution avec lui. (*Il lui demande par signes s'il reconnaîtrait la barrière par laquelle il est entré à Paris. Léon répond affirmativement.*) Il reconnaîtrait la barrière... Demain, il les visitera toutes...

REMONDI, *dans le fond.*

J'espère bien que non.

DE L'ÉPÉE.

Et je n'hésiterai pas à suivre la route qu'il m'indiquera.

REMONDI, *dans le fond.*

Je saurai bien l'en empêcher.

DE L'ÉPÉE, à *André.*

Dites-moi, mon ami, combien gagnez-vous par jour ?

ANDRÉ.

Dam ! c'est selon ; chaque jour amène son pain ; c'est la manière de compter des pauvres gens ; mais quand j'ai mis de côté, le soir, ma pièce de douze sous, je suis bien content.

DE L'ÉPÉE.

Eh bien ! si vous voulez venir avec moi pour quelque temps, nous chercherons la ville où l'on vous a fait faire le mort, et je vous donnerai vingt-quatre sous tous les jours.

ANDRÉ.

Vingt-quatre sous par jour ! pour ça j'irais au bout du monde. Je suis à vous tout de suite ; je vous demande seulement le temps de mettre mes crochets chez une brave femme qui me fait la soupe. (*Il sort et rentre de suite.*)

GERMONT.

Je vous réitère mes remercîmens, monsieur, et vais prendre congé de vous.

DE L'ÉPÉE.

Allez, monsieur ; vous consacrez aussi vos instans au malheur, je me repentirais de vous en faire perdre un seul. (*Musique.*)

(*Pendant la fin de la scène, Léon, qui regardait autour de lui, aperçoit Remondi sur les marches du Palais de Justice, jette un cri, et vient se réfugier près de M. de L'Épée.*)

GERMONT, *surpris.*

D'où peut naître son effroi ?

DE L'ÉPÉE.

Quelque objet effrayant aura frappé sa vue. (*Il l'interroge ; Léon répond par signes qu'il a vu celui qui l'a enlevé de chez sa mère.*)

DE L'ÉPÉE.

Il a vu, dit-il, l'homme qui l'a enlevé de chez sa mère...

GERMONT.

Et qui voulait peut-être vous le ravir aujourd'hui : n'en doutez pas, monsieur, on est instruit de vos démarches, on craint la révélation de ce crime, et ceux qui l'ont perdu il y a deux ans, voudraient peut-être maintenant...

DE L'ÉPÉE.

Montons en voiture; allons à l'instant même chez M. le lieutenant de police : votre position lui fera prendre des mesures qui préviendront de nouvelles tentatives.

GERMONT.

Volontiers, monsieur.

DE L'ÉPÉE.

André !

ANDRÉ.

Me voilà à vos ordres, monsieur.

DE L'ÉPÉE.

AIR :

Ah! venez, je vous en prie,
En vous je mets mon espoir,
Si l'on en veut à sa vie,
La défendre est un devoir.
Des traits de la perfidie
Que je sauve cet enfant,
Alors je mourrai content.

(Ils reprennent en chœur le couplet, et disparaissent.)

FIN DU CINQUIÈME TABLEAU.

SIXIÈME TABLEAU.

PERSONNAGES.

UNE NOCE d'Auvergnats.
UN MARCHAND DE VIN.
REMONDI.
CARLO.
M. DE L'ÉPÉE.
LÉON de Saint-Didier.
ANDRÉ.
UN AUVERGNAT.
UNE JEUNE FILLE.

SIXIÈME TABLEAU.

Le théâtre représente la barrière d'Italie, à droite, guinguette ayant pour enseigne, Rensbecks, marchand de vin, au *rendez-vous des bonnes giblottes*.

CHŒUR.

Air : du Dilettante d'Avignon.

Vive la barrière d'Italie,
En s'livrant à la folie,
C'est là que l'pauvre diable oublie
Tous les chagrins de la vie :
Vive, vive la barrière d'Italie,
Vive la barrière d'Italie!

UN AUVERGNAT.

Ah! nous allons-t'y nous en donner aujourd'hui! une noce, il n'y a rien de plus joli que ça; mais le repas il refroidit peut-être; allons vite nous mettre à table.

UNE JEUNE FILLE.

Ah! mon p'tit papa, j'voudrais pourtant bien danser un brin.

L'AUVERGNAT.

Vite, dépêchez-vous, parce que les lapins et les dindons nous attendent.

(*Ballet*).

L'AUVERGNAT, *après la danse.*

Moi, je n'avais pas besoin d'ça pour avoir de l'appétit. Mais partons.

(*Ils reprennent le chœur.*)

Vive la barrière d'Italie, etc.

(*Ils entrent au cabaret.*)

SCÈNE II.

REMONDI, CARLO.

REMONDI, *qui est entré le premier.*

J'ai beau regarder, je ne vois personne encore. Eh bien! as-tu attaché nos chevaux?

CARLO.

Oui, monsieur.

REMONDI.

Personne n'est encore arrivé?

CARLO.

Monsieur, il me semble que nous avons eu bien chaud.

REMONDI.

Je te comprends; demande du vin.

CARLO.

Bien volontiers. (*Il frappe sur la table qui est à la porte du cabaret.*) Du vin! garçon.

UN GARÇON.

Oui, monsieur, duquel?

CARLO.

Du meilleur, il pourra bien ne pas être trop bon.

LE GARÇON.

Le voilà, monsieur (*à part*). Ça me fait l'effet de gens riches, ça; et au lieu de huit sous, je le lui ferai payer quinze.

CARLO.

Vous êtes sûr que vos amis seront de parole.

REMONDI.

Très-sûr. (*Il tire de sa poche plusieurs papiers, et lit, tandis que Carlo boit.*)

CARLO.

C'est une excellente idée que vous avez eue là; ces inconnus s'empareront du petit bonhomme sans rien craindre; au lieu que nous, qu'il a vus tant de fois....

8*

REMONDI.

Il ne peut m'échapper. Je sais qu'il doit visiter toutes les barrières, pour reconnaître celle par laquelle il est entré. Ils seront sans doute à pied, et nous, au moyen de bons chevaux.....

CARLO.

Une voiture vient de ce côté.

REMONDI.

Point de doute, ce sont nos amis.
(*Une voiture s'arrête sur le théâtre; Carlo va ouvrir la portière; il reconnaît M. de l'Épée.*)

CARLO, *à Remondi.*

Vite, décampons; c'est M. de l'Épée et son élève.

REMONDI, *ramassant ses papiers à la hâte.*

Viens sur les boulevarts extérieurs, nous rencontrerons sans doute notre monde.
(*Ils se sauvent et oublient un papier sur la table.*)

SCÈNE III.

M. DE L'ÉPÉE, LÉON, ANDRÉ. *Musique.*
(*Après être descendu de voiture, M. de l'Épée fait examiner la barrière à Léon, qui la reconnaît; il en témoigne de la joie, ainsi que M. de l'Épée.*)

DE L'ÉPÉE.

Il la reconnaît! O mon Dieu, reçois mes remercîmens, mais quels étaient ces hommes que j'ai
aperçus, et qui se sont éloignés si précipitamment?
Depuis la tentative qu'on a faite sur mon élève,
je dois redoubler de surveillance.

LE MARCHAND DE VIN *sortant du cabaret.*

Bon, v'là encore du monde.

DE L'ÉPÉE.

Mon ami, connaissez-vous les personnes qui
étaient là tout à l'heure?

LE MARCHAND DE VIN.

Non, mais ça m'a l'air de messieurs bien comme il
faut et j' nous connaissons en figures, voyez-vous.
Cependant ils sont partis sans payer... Ils ne sont
peut-être pas loin... Ils ont oublié queuqu'
chose: tiens, c'est un papier, quoi qu'il veut dire?
Si, ils ne reviennent pas, j' les r'trouverons peut-être
au moyen de c' t'écrit (*à M. de l'Epée*)? Monsieur, vous savez peut-être lire? Dites-moi donc
le nom et l'adresse du particulier à qui ça appartient, s'il vous plaît?

DE L'ÉPÉE.

L'adresse n'y est pas; mais cette lettre commence par ces mots : Mon cher Remondi...

ANDRÉ, *surpris.*

Remondi ! c'est mon homme, celui qui m'a
amené à Paris, et qui m'a fait faire toutes les ma-
nigances que j' vous ont racontées. Lisez la lettre, j'allons peut-être être au courant.

DE L'ÉPÉE.

Je n'en puis douter, cet homme est sur mes traces, et il en veut à cet enfant. Lisons : « Je ne
« puis t'envoyer d'argent avant la fin du mois; mais
« tu le recevras, tu peux y compter. Tu sais tou-
« jours à quelle condition : pas un mot qui pou-
« rait faire connaître la famille de l'enfant, il y
« va de ton intérêt comme du mien. » Pas de si-
gnature ! c'est égal, cette lettre est une heureuse
trouvaille. (*On entend des cris au dehors*). Quelque malheur serait-il arrivé?

SCÈNE IV.

LES PRÉCÉDENS, TOUTE LA NOCE.

DE L'ÉPÉE.

On amène de ce ce côté un homme blessé

(*Musique triste.*)

SCÈNE V.

LES PRÉCÉDENS, REMONDI, *porté par quatre*

paysans... CARLO dans le fond, et se montrant à peine.

DE L'ÉPÉE.

Mes amis, donnons-lui les plus prompts secours.

ANDRÉ

C'est lui, c'est Rémondi!

DE L'ÉPÉE.

Que lui est-il donc arrivé?

UN PAYSAN.

Son cheval a eu peur, s'est cabré, et l'a jeté sur un tas de cailloux qui étaient au bord du chemin.

DE L'ÉPÉE.

Il est grièvement blessé; il faut vite aller chercher un médecin.

LE MARCHAND DE VIN.

Entrez-le chez moi, il sera mieux qu'ici.

CARLO, *dans le fond.*

Ma foi, qu'il se tire de là le mieux qu'il pourra; comme je n'ai pas envie de me faire pendre pour lui, je me sauve.

(Il sort en courant.)

SCÈNE VI.

LES MÊMES, (*excepté Remondi et Carlo.*)

DE L'ÉPÉE.

Vous êtes bien sûr que c'est cet homme-là qui vous a conduit à Paris ?

ANDRÉ.

Très-sûr ; j'ai été assez long-tems avec lui pour le reconnaître.

DE L'ÉPÉE.

La rencontre de cet homme semble être un effet de la Providence ; elle doit enfin me faire découvrir la vérité ! Dieu veille sur nous ; j'en reçois en ce moment une nouvelle preuve. Il a empêché, hier, l'accomplissement d'un crime dont il punit aujourd'hui le coupable. Mais il me tarde de savoir s'il est mieux... je voudrais déjà pouvoir l'interroger (*au marchand de vin qui sort de chez lui*). Eh bien ! cet homme ?

LE MARCHAND DE VIN.

Monsieur, il n'existe plus.....

DE L'ÉPÉE.

Encore trompé dans mes esperances !...

LE MARCHAND DE VIN.

Et je cours en prévenir l'autorité ; il n'a sur lui

aucun papier qui prouve qui il est, et ce n'est pas amusant, quand on a chez soi une noce, d'avoir aussi un enterrement.

(Il sort.)

DE L'ÉPÉE, *à André qui pleure.*

Qu'avez-vous donc, André ?

ANDRÉ

Excusez, monsieur, cet homme. je le crois bien, était un méchant ; mais il ne m'a fait que du bien à moi ; il m'a sauvé la vie, m'a arraché de la misère, et sa mort me fait de la peine.

DE L'ÉPÉE.

Bien, André, très bien ; l'ingratitude est le plus affreux des vices, même lorsqu'il aurait eu des torts. Dieu nous dit de pardonner, et la haine ne doit pas poursuivre l'homme au-delà du tombeau. Mais continuons notre route. Voilà bien celle qu'il reconnaît, ce qui m'annonce qu'il a reçu le jour dans une ville du midi de la France ; je les visiterai toutes, et si mes recherches sont vaines, je m'efforcerai, par mes soins et par ma tendresse, de remplacer la famille qu'il a perdue. Partons.

AIR : *de Léonce.*

Mon projet est bien arrêté,
Pour l'accomplir je dois tout faire ;
Il faut rendre un fils à sa mère :

Du ciel telle est la volonté ,
Par lui ce dessein m'est dicté.
Afin d'accomplir cet ouvrage ;
Mon Dieu soutiens ma piété ;
De réussir j'ai le présage ,
Daigne soutenir mon courage !
L'espérance et la charité
Sont mes compagnons de voyage.

FIN DU SIXIÈME TABLEAU.

SEPTIÈME TABLEAU.

PERSONNAGES.

L'ABBÉ DE L'ÉPÉE.
LÉON DE St.-DIDIER.
MARGUERITE.
JULIETTE.
MATHIAS.
PAULINE.
BERTRAND.
ANDRÉ.
Paysans et Paysanes.

La scène se passe chez Marguerite.

SEPTIÈME TABLEAU.

⇒━◆━⇐

Le théâtre représente le hameau du deuxième tableau.

SCÈNE PREMIÈRE.

MARGUERITE, MATHIAS, JULIETTE.

MATHIAS.

C'est tout d'même ben désagréable! dire que tout est prêt pour le baptême; les parens, les musiciens, le repas et jusqu'au mioche.... tout ça attend, et la marraine n'arrive pas.

MARGUERITE.

Ça m'surprend ben, mon pauvr' Mathias.

MATHIAS.

Moi, qui m'suis mis sur mon trente et-un, pour l'y donner la main l'plus proprement possible. C'est vraiment..... Croyez-vous enfin qu'elle viendra?

JULIETTE.

Il n'y a pas à en douter, puisque c' matin il est

arrivé chez nous un âne chargé de sucre, de confitures, de dragées...

MATHIAS.

Un âne chargé de dragées! Vous ne m'aviez pas
dit ça; v'là qui me rassure... Dites donc, mère
Marguerite, si vous en donniez queuqu's-unes au
parrain, pour lui faire prendre patience ?

(*On entend du bruit.*)

MARGUERITE.

Ecoutez donc... J'entends le bruit d'une voiture...

MATHIAS.

En v'là une qui s'arrête au bas de la montagne ;
il en descend une jeune demoiselle...

MARGUERITE.

C'est elle, c'est mams'elle Pauline, je l'ap-
perçois.

MATHIAS.

Elle aura craint d'fatiguer ses beaux chevaux :
c'est ça une bonne personne pour les bêtes......
Pour mon compte, je suis content qu'elle arrive.

SCÈNE II.

LES PRÉCÉDENS, BERTRAND, PAULINE.

AIR :

TOUS.

La voilà,

PAULINE.

Me voilà.

BERTRAND ET PAULINE.

Le plaisir nous amène.

TOUS.

La voilà !...,
Notre peine
A disparu déjà.

PAULINE

Ici je vais être marraine,
C'est un jour de fête pour moi.

MATHIAS, *à part.*

Ah! qu'elle est gentille, morguienne,
Mathias c'est-i d' l'honneur pour toi !...

PAULINE, *donnant une bourse à Marguerite.*

Reçois ce présent de ma mère.

MARGUERITE.

J' la remercions ben en vérité.
Donn'-t-elle des preuves de bonté !...

9*

MATHIAS.

Quelle femme extraordinaire !

REPRISE EN CHOEUR.

La voilà, etc.

MARGUERITE, *à Pauline.*

Que j' suis donc contente de vous voir! (*à Ber-*
trand.) Si vous vouliez prendre quelque chose?
Dites-moi donc? tout le monde est rassemblé; on
n'attendait plus que vous pour aller à l'église, et
vrai, c'est que j' désespérions de vous voir.

PAULINE.

AIR : *de l'Angelus.*

Tu désespérais de me voir?
Ah! quelle était ton injustice !
Je devais combler ton espoir,
Je devais te rendre un service,
Pouvais-je t'oublier... nourrice?...
Je me dis, puisqu'on doit savoir
Que le moindre retard afflige,
L'exactitude est un devoir,
Surtout envers ceux qu'on oblige.

MARGUERITE.

Que vous êtes aimable !

PAULINE.

Je n'ai qu'un regret, c'est de ne pouvoir rester
la journée entière avec toi.

MARGUERITE.

Comment? vous repartiriez?...

PAULINE.

Presqu'aussitôt après la cérémonie...

BERTRAND.

J'en ai reçu l'ordre; c'est demain la fête de madame; il y a aujourd'hui soirée, bal au château; mademoiselle ne peut se dispenser d'y paraître; mais il y a si peu loin.

MARGUERITE.

Avez-vous eu des nouvelles de ce pauvre Léon ?

PAULINE.

Oui, mais de bien tristes ! il est mort à Bagnères: nous en avons acquis la certitude.

MARGUERITE.

Ce cher enfant! on ne m'ôtera pourtant pas de l'idée que c'est lui que j'avons vu ici...

BERTRAND.

Par le raprochement des dates, cela était impossible.

MARGUERITE.

J'avons pas osé parler d' lui, quand dernièrement j'ons écrit à votre maman.

PAULINE.

Tu as bien fait; tu lui aurais rappelé de pénibles souvenirs! Que de fois nous avons confondu nos larmes et nos regrets

Air : *du Frère de lait.*

Témoin de sa douleur profonde,
Que de fois j'essuyai ses pleurs :
Mon frère avait quitté ce monde,
Et nous déposions nos douleurs
Sur son tombeau que nous semions de fleurs.

BERTRAND.

Tardifs regrets! la douleur ne peut faire
Qu' celui qu'on pleure!.. nous soit jamais rendu;
Mais on n' connaît, hélas! sur cette terre,
Tout l' prix d'un bien que lorsqu'on l'a perdu.

MARGUERITE.

Il est là-haut; Dieu l'a appelé à lui; il est heureux...

MATHIAS.

Mère Marguerite, puisque ma petite commère est pressée, m'est avis que faudrait partir.

MARGUERITE.

T'as raison.

MATHIAS.

Allez chercher le poupon... (*à Pauline.*) Ma gentille petite commère veut-elle bien me donner sa gentille petite menotte?

PAULINE.

Volontiers.

MATHIAS.

AIR :

Allons, dépêchons,
Vite partons
Pour le baptème :
Quel heureux destin !
D'être parrain
Ma joie est extrême.
En ce moment,
J'suis je ne sais comment,
J'dois en êtr' tout blême ;
Mais heureusement
Qu'au r'tour un bon r'pas nous attend.

CHOEUR.

Allons dépêchons, etc.

(*Mathias donne la main à Pauline ; Bertrand à Marguerite , et tous entrent à la maison.*)

SCÈNE III.

ANDRÉ, *entrant par la gauche.*

Ah ! v'là enfin des maisons... J'trouverons peut-être là à qui parler... Mes compagnons d'voyage sont un peu en arrière... Dame ! à c't âge-là entreprendre une route de cent soixante lieues... Queu brave homme que ce monsieur l'abbé de l'Épée !

Air : de l'intérieur de l'Étude.

Oui, je l'dirons en conscience,
Par lui je suis fort bien traité,
Et d'puis qu' j'ons fait sa connaissance
J'ons toujours joui d'one bonne santé.
Du matin au soir il m' dorlotte ;
Ah! j'suis bien soigné sur ma foi,
La nuit j' dors comme une marmotte,
Et l' matin j' déjeune comme un roi.

SCÈNE IV.

MARGUERITE, PAULINE, BERTRAND, JU-LIETTE, MATHIAS, Paysans.

(*Le cortége défile pour se rendre à l'Eglise, musique en téte.*).

SCÈNE V.

DE L'ÉPÉE (*Il doit avoir de petites guétres et ses souliers couverts de poussière*); LÉON, ANDRÉ.

ANDRÉ, *arrivant le premier*

V'nez, v'nez, v'là justement une fête, car j'entends d'la musique. *Musique du deuxième acte de Yelva.*

(*A la vue de la place du village, Léon paraît rassembler toutes ses idées, tous ses souvenirs ; ils devien-*

nent plus précis à mesure qu'il approche de la
maison de sa nourrice. Il raconte par gestes ce qui
lui est arrivé dans ce hameau deux ans aupara-
vant. De l'Epée suit tous ses mouvemens. Tandis
qu'ils sont en scène, le cortége traverse le théâtre
dans l'éloignement; Léon aperçoit Marguerite et
Juliette, et témoigne toute sa joie.)

DE L'ÉPÉE.

Il a reconnu ces braves gens, je n'en puis douter (*à André*). Mon ami, si cela ne vous fatigue
pas trop, courez après ces villageois, et priez-les
de revenir le plus tôt possible.

ANDRÉ.

J' l' voulons ben : r'posez-vous un peu, je ne
serai pas long-temps. (*Il sort en courant*).

SCÈNE VI.

DE L'ÉPÉE, LÉON.

DE L'ÉPÉE.

Serais-je au terme de mon voyage?...: Il
me fait entendre que ces lieux ont été témoins
des jeux de son enfance, que cette bonne femme
qu'il m'a fait remarquer, est sa nourrice : nul
douté alors que ce village ne soit voisin de la ré-
sidence de ses parens... Mais ses parens! dans

quelle disposition les trouverais-je ?... Espérons
qu'elles lui seront favorables.

SCENE VII.

LES PRÉCÉDENS, ANDRÉ, *accourant.*

ANDRÉ.

Les v'là, les v'là! J'avous joliment arpenté,
allez; j'ai attendu un brin qu' la cérémonie fût
finie, et j'vous les amenons tous.

(Même musique qu'au départ du Baptême.)

SCENE VIII.

LES PRÉCÉDENS, MARGUERITE, PAULINE,
BERTRAND, MATHIAS, JULIETTE, PAYSANS
ET PAYSANNES.

*(Léon est assis, et réfléchit à ce qui lui arrive ; il
est placé de manière à ne rien voir autour de
lui.)*

DE L'ÉPÉE, *à Marguerite.*

Dites-moi, bonne femme, c'est à vous qu'appartient cette petite auberge?...

MARGUERITE.

Oui, monsieur, entrez, entrez; si vous avez
besoin de queuqu' chose.

DE L'ÉPÉE.

J'accepterai plus tard vos offres obligeantes ;
auparavant, regardez cet enfant...

MARGUERITE, *après l'avoir regardé attentivement.*

Ah ! mon Dieu !... plus je le regarde... Mam'
selle Pauline... monsieur Bertrand... je ne sais....
mais il me semble...

PAULINE.

Ces traits me sont connus...

BERTRAND

Je ne sais si je veille !

MARGUERITE, *dans la plus grande agitation.*

Avant tout, monsieur, dites-moi si cet enfant
ne serait pas sourd-muet.

DE L'ÉPÉE.

Hélas ! oui.

MARGUERITE.

C'est Léon.

PAULINE.

Mon frère !...

BERTRAND.

Mon jeune maître !...

(*De l'Epée frappe sur l'épaule de Léon ; il se re-
tourne aussitôt qu'il aperçoit sa nourrice,*

sa sœur et le vieux Bertrand; ses traits s'ani-
ment, il ne sait dans quels bras il doit se pré-
cipiter d'abord. Il choisit ceux de sa nourrice.)

DE L'ÉPÉE.

Air : *de la Veille et le Lendemain.*
Voilà, je crois, la preuve la plus sûre :
N'a-t-elle pas soigné ses premiers jours,
Ah! qu'il est fort ce cri de la nature!
De la nourrice ou se souvient toujours.

PAULINE.

C'est bien lui, je n'en puis douter.

BERTRAND.

Mais par quel prodige nous est-il rendu?....

DE L'ÉPÉE.

Vous l'aviez cru mort?... on n'avait fait que
l'abandonner.

BERTRAND.

Nous avons reçu, à Toulouse, l'acte qui cons-
tatait son décès.

DE L'ÉPÉE.

Il a été fait et envoyé sans doute par l'artisan
de ses malheurs.

PAULINE, *à de l'Épée.*

De grâce, monsieur, partons à l'instant même

pour Toulouse; nous avons une voiture. Marguerite, Juliette, venez avec nous. O ma mère! que tu
vas être heureuse!...

DE L'ÉPÉE.

A-t-il encore son père?...

BERTRAND.

Non, monsieur, le pauvre enfant l'a perdu bien
jeune.

DE L'ÉPÉE.

Quel rang occupait-il dans le monde ?

BERTRAND.

Il était conseiller au parlement de Toulouse.

DE L'ÉPÉE.

Ses souvenirs ne l'avaient pas trompé... A-t-il
un tuteur?...

BERTRAND.

Non, monsieur; madame de Saint-Didier, sa
mère, a épousé, en secondes noces, M. Delignac,
et il jouit de tous les biens du feu comte depuis la
disparition de cet enfant.

DE L'ÉPÉE, *à part*.

Aurait-il été victime de quelque affreux projet?... Et rencontrerai-je de nouveaux obstacles ?
(*Haut.*) Allons, mes amis, partons pour Toulouse.

ANDRÉ.

C'est ça! partons pour Toulouse, et s'il n'y a pas de place pour moi dans le carrosse, je monterai derrière.

MATHIAS.

V'là ma commère qui s'en va; mais j' m'en conselerons, si Monsieur m' laisse les confitures et les dragées.

DE L'ÉPÉE.

Air : *Final du comte Ory.*

Allons, mettons-nous en chemin!

PAULINE.

Ah! pour-moi quel heureux destin!

TOUS ENSEMBLE.

Sans tarder davantage,
Partons; de ce voyage,
Grâce à notre témoignage,
Le succès est certain.
Pour Toulouse il nous faut partir,
Allons, allons de l'espérance,
Pour nous il n'est plus de souffrance,
Oui, tous nos chagrins vont finir.

(*Ils sortent tous par le fond.*)

FIN DU SEPTIÈME TABLEAU.

HUITIÈME TABLEAU.

PERSONNAGES.	ACTEURS.
M. DELIGNAC.	*Aristide.*
Mme DELIGNAC.	*Armance.*
PAULINE.	*Pauline.*
LÉON de Saint-Didier.	*Fleury.*
M. DE L'ÉPÉE.	*Josse.*
BERTRAND.	*Henri.*
MARGUERITE.	*Daniel.*
JULIETTE.	*Euphrasie.*
ANDRÉ.	*Berger.*

Personnages des deux sexes, invités au bal de M. Delignac.

La scène est à Toulouse, chez M. Delignac.

HUITIÈME TABLEAU.

———◦———

Le théâtre représente un salon fort riche de l'hôtel de M. Delignac. Toutes les portes du fond restent fermées jusqu'au moment de la fête.

SCENE PREMIÈRE.

DELIGNAC, *l'air rêveur.*

J'ai la certitude que Remondi a cessé d'exister, et cependant je suis tourmenté depuis quelques jours par d'affreux souvenirs... Le malheureux a mis son projet à exécution, sans ma participation, il est vrai; mais le silence que j'ai gardé quand j'ai connu son crime ne m'a-t-il pas rendu coupable aussi?... Combien je souffre!... fatale ambition...

Air : *De Turenne.*

Quoiqu'étranger à cette affreuse trame,
De son auteur j'ai connu tous les torts,
Et c'est en vain que je veux de mon âme
Chasser aujourd'hui les remords;
Que le secret d'une telle injustice,
Pour mon honneur, ne se divulgue pas,
Car en cachant ce crime, hélas!
Je m'en suis rendu le complice.

Après tout, qu'ai-je à craindre?... Perdu au milieu de Paris, Léon aura été conduit dans quelque maison de piété publique; il n'aura pu donner aucun indice sur sa naissance; le ciel ne lui avait pas même permis alors de se faire entendre par signes. J'ai dans les mains un acte mortuaire en bonne forme; soyons donc tranquille possesseur de la fortune du comte de Saint-Didier! Tranquille possesseur! ah! jamais...

SCENE II.

DELIGNAC, BERTRAND.

BERTRAND.

Monsieur, j'arrive à l'instant avec mademoiselle Pauline.

DELIGNAC.

C'est bon.

BERTRAND.

Un monsieur âgé, qui nous a accompagné depuis le village voisin, demande la permission de vous entretenir quelques instans.

DELIGNAC.

Que me veut-il?

BERTRAND.

Vous parler d'une affaire fort importante, à ce qu'il dit.

DELIGNAC.

Qu'il vienne... Bertrand, vous savez que madame Delignac revient de Saint-Jorry à sept heures, que tous les préparatifs de la fête soient terminés. Faites entrer cette personne. (*Bertrand sort.*) Je ne suis pas fâché de me débarrasser promptement de cet importun.

SCÈNE III.

DELIGNAC, DE L'ÉPÉE, LÉON.

DE L'ÉPÉE, *il s'approche seul.*

C'est à monsieur Delignac que j'ai l'honneur de parler?

DELIGNAC.

Oui, monsieur; puis-je savoir quel motif?...

DE L'ÉPÉE.

Je me nomme de l'Épée.

DELIGNAC, *cherchant à cacher l'effet que lui produit ce nom.*

De l'Épée!

DE L'ÉPÉE.

J'ignore si ce nom vous est connu.

DELIGNAC.

Je crois... Il me semble...

DE L'ÉPÉE.

Je suis l'instituteur des sourds-muets; j'ai recueilli à Paris, le 15 janvier 1773, un jeune sourd-
muet que l'on avait exposé à la pitié publique;
depuis cet instant, j'ai fait les recherches les plus
minutieuses pour découvrir les parens de ce jeune
homme, et les renseignemens que je me suis pro-
curés ne m'ont laissé aucun doute sur leur exis-
tence.

DELIGNAC.

Je ne vois pas, monsieur, à quoi tend cette
confidence.

DE L'ÉPÉE

Apprenez donc, monsieur, que le hasard, ou
plutôt celui qui dirige à son gré les destinées, a
remis entre mes mains le jeune comte de Saint-
Didier, votre beau-fils.

DELIGNAC.

Le jeune comte existerait?... J'en aurais bien
de la joie; mais, monsieur, c'est une fable à
laquelle je ne puis ajouter foi : le jeune comte
mourut aux eaux de Bagnères.

DE L'ÉPÉE.

En êtes-vous bien sûr, monsieur? Regardez cet
enfant...

(Delignac regarde Léon indifféremment ; Léon lui sourit, et témoigne par ses gestes qu'il le reconnaît.)

DELIGNAC.

Ce ne peut-être lui, monsieur ; Léon est mort, j'en ai la certitude.

DE L'ÉPÉE.

Comment, monsieur ?...

DELIGNAC.

Par un acte authentique.

DE L'ÉPÉE.

Mais si l'on vous donnait des preuves...

DELIGNAC.

Je rends justice, monsieur, au noble motif qui vous fait agir ; mais vous avez été trompé par une coïncidence d'événemens et de nom, peut-être. J'ai l'acte mortuaire de Léon de Saint-Didier ; et celui pour lequel vous vous intéressez si fort ne peut être que l'instrument de quelque intrigue...

DE L'ÉPÉE.

S'il existe quelque intrigue dans cette affaire, monsieur, ce n'est pas de mon côté.

DELIGNAC.

Que signifie ce discours ? Quand je vous assure que j'ai entre les mains un titre.

DE L'ÉPÉE.

Songez, monsieur, que ce n'est pas dans un
registre seulement qu'il faut chercher la preuve
d'une identité de personne. Celui qui les tient
rédige ce qu'on lui atteste, et de faux témoignages
peuvent le tromper; mais j'en ai qui ne peuvent
être suspectés par aucun motif d'intérêt personnel.
Les gens qui l'ont servi attestent son nom, son état,
ses qualités. Croyez-vous, monsieur, qu'un men-
songe écrit sur des registres puisse tenir contre
ce cri de la vérité? Sachez, monsieur, que si le
secours des témoins est nécessaire lorsque les registres ont été brûlés, il l'est également lorsqu'ils
contiennent des déclarations dictées par l'impos-
ture.

DELIGNAC.

Monsieur !...

DE L'ÉPÉE.

Les témoignages que j'ai réunis ont les carac-
tères qui, selon la loi, constituent la véritable
preuve, et je saurai les faire valoir. Je confondrai,
s'il le faut, devant les tribunaux, l'intrigue et l'ar-
tifice, qui ont cru se couvrir d'un voile impénétra-
ble. Toutes mes démarches, toutes mes recherches,
ne sont pas l'œuvre de *l'ambition* ni de *la cupi-
dité*; mon seul dessein est de rendre un fils à sa
mère : voilà mon unique but, voilà le devoir que

je me suis imposé. Dieu m'a guidé dans cette noble entreprise, en me disant d'ouvrir la bouche en faveur du muet, et de tous les innocens que l'on voudrait perdre.

DELIGNAC.

De grâce, monsieur, finissons.

DE L'ÉPÉE.

Si je vous disais, monsieur, que sa jeune sœur, son vieux domestique, et Marguerite, sa bonne nourrice, l'ont déjà reconnu.

DELIGNAC.

Peut-être y a-t-il entre cet enfant et l'autre quelque ressemblance; les jeux du hasard... Mais encore une fois.....

DE L'ÉPÉE.

Air : Époux imprudent.

Eh quoi ! vous auriez le courage
De le chasser malgré ses pleurs :
Quels sont donc ses torts ?... Son jeune âge,
Et sa fortune et ses malheurs !
Ah ! calmez vite ses douleurs ;
A mes preuves vous pouvez croire :
Cédez, cédez en ce moment,
Ou bien craignez plus tard qu'un jugement
Vienne ternir votre mémoire.

DELIGNAC.

Monsieur, je suis las de tant d'instances, et je vous prie...

11

DE L'ÉPÉE, *examinant Delignac.*

J'ai un autre témoin à vous présenter ; si vous le récusez aussi, je saurai ce qu'il me restera à faire.

(*Il fait venir André.*)

DELIGNAC, *à part avec surprise.*

Le petit André ! (*se remettant un peu*) Quel est cet enfant?

SCÈNE IV.

LES PRÉCÉDENS, ANDRÉ.

ANDRÉ, *à Delignac.*

Vous ne me reconnaissez donc pas ?... Je vous reconnais pourtant bien, moi; c'est bien vous qui m'avez donné un jour de beaux habits ici même; vous ne vous souvenez pas?

DELIGNAC, *d'un air de pitié.*

Vraiment, je m'admire; je ne me croyais pas doué de tant de patience.

ANDRÉ.

C'est votre ami qui m'a emmené ensuite à sa maison de campagne, où il m'a fait faire tant de bêtises...

AIR : *Le tendre Amour.*

Il m'a donné, j'en ai la souvenance,
Dix beaux écus et plus d' vingt beaux repas,

Et je promis de garder le silence :
Pour de l'argent, dites-moi, qu'est-ce qu'on n' fait pas?
Jusqu'à présent, croyant qu' c'était pour rire,
Je me suis tu, mais dans c't occasion,
Il faut que j' parle, et maintenant j' vas tout dire,
Puis qu'il s'agit d'une bonne action.

DE L'ÉPÉE, *à André*.

C'est bien, c'est bien. Va chercher les personnes qui nous ont accompagnés jusqu'ici, et reviens
vite. (*André sort.*) Rien n'échappe à ma pénétra-
tion, monsieur, et je lis au fond de votre âme.
Je vois, que vous faites de vains efforts pour vous
rendre à toutes les preuves que je vous donne,
mais vous ne résisterez pas plus long-temps aux
larmes de l'infortuné qui vous redemande un nom
et un état, à la tendresse de votre fille, aux prières
de Bertrand et de Marguerite (*à voix basse*), au
témoignage d'André, et enfin, à cette lettre de Remondi.

DELIGNAC, *vivement*.

Silence, monsieur... ne confondez pas ma
honte.... Je suis innocent du crime commis sur le
jeune Léon de Saint-Didier, je vous le jure; mais
je suis coupable de n'en avoir pas démasqué l'auteur. Retenu par la crainte du scandale qu'aurait
fait cette affreuse révélation, j'ai gardé le silence.
J'avoue mes torts, et je suis prêt à les réparer.
Dites-moi ce que je dois faire pour vous prouver
mes regrets et mon repentir?

DE L'ÉPÉE.

Renoncez, monsieur, à tous les biens dont vous
jouissez injustement ; reconnaissez Léon pour le
comte de Saint-Didier, et tout ce qui s'est passé
demeurera secret. Ma charité vous répond de
mon silence.

DELIGNAC, *allant écrire.*

Si vous saviez, monsieur, tout ce que j'ai souf-
fert depuis ce fatal événement. (*Il remet un
écrit à de l'Épée.*) Combien mon cœur est sou-
lagé !...

DE L'ÉPÉE.

Le poids d'une faute s'allége par l'aveu qu'on
en fait... Au moindre signe, il va voler dans vos
bras ; tendez-les lui...

SCÈNE V.

LES Précédens, PAULINE, ANDRÉ, BERTRAND, MARGUERITE, JULIETTE.

(*Delignac ouvre ses bras à Léon qui s'y précipite.
Pauline, André, Bertrand, Marguerite et Juliette, entrent et l'entourent.*)

DE L'ÉPÉE.

Il ne faut pas lui en vouloir...

DELIGNAC.

De grace.....

PAULINE.

Tu l'as donc aussi reconnu ?

BERTRAND.

Mon cher maître...

DELIGNAC.

Madame Delignac est-elle de retour?

BERTRAND.

Elle arrive à l'instant.

DELIGNAC.

Que la fête commence... (*à de l'Epée.*) Le chagrin que lui cause la perte de son fils n'est point encore effacé entièrement; veuillez, monsieur, ménager cette entrevue.

DE L'ÉPÉE.

Vous avez raison, un cœur malade est un lieu sombre où le jour ne doit arriver que par degrés.

(*Il entre dans un cabinet à droite avec Léon, André Juliette, Marguerite. Les portes du fond s'ouvrent et l'on voit le jardin illuminé en verres de couleurs.*)

DELIGNAC, *à Bertrand.*

Vous préviendrez madame Delignac de l'arrivée de monsieur de l'Épée, sans lui dire surtout qui il est, ni quel motif l'amène. Je vais le chercher. (*Il sort.*)

FIN DU HUITIÈME TABLEAU.

NEUVIÈME TABLEAU.

PERSONNAGES.	ACTEURS.
M. DELIGNAC.	*Aristide.*
M. L'ABBÉ DE L'ÉPÉE.	*Josse.*
BERTRAND.	*Henri.*
LÉON de St.-DIDIER.	*Fleury.*
ANDRÉ.	*Berger.*
Mme DELIGNAC.	*Armance.*
MARGUERITE.	*Daniel.*
JULIETTE.	*Euphrasie.*
PAULINE.	*Pauline.*

NOTA. On s'adressera pour la pièce, la musique et tous les détails scéniques que l'on pourrait désirer, à M. ARMAND DO-MERGUE, régisseur général du *Théâtre de M. 'Comte*, correspondant des spectacles, *passage Choiseul, n°* 12.

NEUVIÈME TABLEAU.

Le jardin se remplit de personnes invitées à la fête, et l'on entend l'orchestre dans le lointain. (*l'air de Moïse.*)

SCÈNE PREMIÈRE.

BERTRAND , *seul*.

Madame ne s'attend guère à la surprise qu'on lui prépare.

SCÈNE II.

M. ET Mme DELIGNAC, PAULINE, BERTRAND, *gens de la maison avec des bouquets.*

CHOEUR.

Air : Du Maçon.

Pour nous quelle allégresse !
Fêter, fêter un si beau jour !
A notre bonne maîtresse
Donnons, donnons tout notre amour.

} Bis.

(*Pendant le chœur, madame Delignac reçoit les bouquets de tout le monde.*)

DELIGNAC.

Vous voyez, ma chère amie, qu'on pensait à vous votre absence.

BERTRAND.

Et je crois que madame verra qu'on a bien employé son temps.

MADAME DELIGNAC.

J'en suis persuadée d'avance...

BERTRAND, *en confidence.*

Madame, il y a là un monsieur inconnu qui désire vous parler.

MADAME DELIGNAC.

A moi?...

BERTRAND, *d'un air satisfait.*

Oui, madame.

MADAME DELIGNAC.

J'y suis... encore quelque surprise... un jour de fête, ah! c'est tout simple. (*à Bertrand*) Faites entrer, Bertrand... (*à part.*) Ayons l'air de ne me douter de rien, pour qu'il jouisse de mon étonnement... (*à part en voyant M. de L'Epée.*) Que peut me vouloir cet homme respectable?

SCÈNE III.

LES PRÉCÉDENS, DE L'ÉPÉE.

DE L'ÉPÉE.

Excusez-moi, madame, j'ai su que c'était aujourd'hui votre fête, et j'ai cru le moment bien

choisi pour vous donner des nouvelles d'une personne qui vous est bien chère, que vous croyez
avoir perdue depuis long-temps, et à laquelle, je le
sais, vous donnez chaque jour de nouvelles larmes;
en un mot, je viens aussi vous offrir mon bouquet.

MADAME DELIGNAC, *troublée.*

Que m'avez vous dit, monsieur?... Ah! de
grâce, veuillez vous expliquer plus clairement,
surtout ne trompez pas mon espérance. Ce que
je viens d'entendre a reporté tous mes souvenirs
sur mon fils : parlez, parlez, je vous en conjure,
se pourrait-il qu'il existât?

DE L'ÉPÉE.

Oui, madame; sachant que je passais par cette
ville avec un jeune sourd-muet de ses amis, il
nous a chargé de vous apporter quelques consolations.

MADAME DELIGNAC.

Un jeune sourd-muet ! un ami de mon fils! vous
accompagne! ah! que je le voie! où est-il?....

DE L'ÉPÉE, *faisant sortir Léon du cabinet.*

Dans vos bras.

MADAME DELIGNAC.

Que vois-je? n'est-ce point une illusion! c'est
lui! c'est Léon! c'est mon fils!... (*Elle le presse
avec tendresse, et l'arrose de ses larmes.*)

DE L'ÉPÉE, *à voix basse à Delignac.*

Ce témoin est irrécusable.

MADAME DELIGNAC.

N'est-ce point un songe ?...

DE L'ÉPÉE.

Non, madame, ce jeune homme est votre fils, et je suis l'abbé de l'Épée.

MADAME DELIGNAC.

Cher enfant !....

DE L'ÉPÉE.

Air : *Ce que j'éprouve en vous voyant.*

Du ciel s'appaise le courroux;
Pour votre fils plus de tristesse.
Le souvenir de sa tendresse
Rend encor ce moment plus doux.   (*bis*).
Chaque matin , dans sa douleur amère
En vain par ma main essuyés ,
Ses yeux de pleurs étaient mouillés ,
Mais je l'ai mis dans les bras de sa mère,
Tous ses chagrins sont oubliés.

MADAME DELIGNAC.

Ah ! monsieur, que je vous dois de reconnaissance! (*à tous ceux qui l'entourent*) Mes amis, tombons tous aux genoux de cet homme bienfaisant. *Tous sont à genoux autour de l'abbé de l'Épée qui du doigt leur montre le ciel; on entend toujours l'orchestre dans l'éloignement.*

FIN DU NEUVIÈME ET DERNIER TABLEAU.

RÉPERTOIRE
DU THÉATRE DE M. COMTE.

EN VENTE :

- 1. Les Trois Fils de la Veuve.
- 2. Finie, ou l'Adroite Princesse.
- 3. Le Tilbury et la Charrette.
- 4. Le Chat botté.
- 5. Le Jeune Grec.
- 6. La Jeune Marraine, ou les Trois Parrains.
- 7. Un Demi-Siècle, ou la Vie de deux Ecoliers.
- 8. Une Soirée, ou les Mœurs en Miniature.
- 9. Le Remplaçant.
- 10. Un Jour d'Audience.
- 11. Henri IV en Famille.
- 12. La Petite Somnambule.
- 13. Marie Brouillon, ou l'Homme en Manteau noir.
- 14. La Muette des Pyrénées.
- 15. La Cuisine au Salon.
- 16. Les Petits Braconniers.
- 17. Les Ricochets.
- 18. C'est l'Un ou l'Autre.
- 19. Les Blés et les Fleurs.
- 20. La Comédie au Château.
- 21. La Saisie et le Bal.
- 22. Les Deux Théodore.
- 23. Les Deux Blousses.
- 24. Trois Etats en un Jour.
- 25. Les Sœurs de Lait.
- 26. Noblesse et Roture.
- 27. Napoléon à Brienne.
- 28. Les deux petits Savoyards.
- 29. La Pendule.

Chaque pièce se vend séparément 75 c.

www.ingramcontent.com/pod-product-compliance
Lightning Source LLC
Chambersburg PA
CBHW060808250626
47162CB00005B/1714